오만과 편견

제인 오스틴 지음

영국 햄프셔주 스티븐턴에서 목사의 딸로 태어나 평생 독신으로 살았습니다.
학교 교육은 많이 받지 못했지만 교양 있는 아버지와 대학에 다니는 오빠들의 영향을 받아
독서를 통해 교양과 지식을 쌓았습니다. 그 당시는 여성이 소설을 쓰는 것을 바람직하지 못한 일로
여기던 시대여서 그녀는 가사를 돌보고 바느질을 하는 틈틈이 글을 썼습니다. 「오만과 편견」은 그녀가
21세인 1796년에 '첫인상'이란 제목으로 집필을 했으나 바로 출판되지는 못했고, 1813년에 「오만과 편견」으로
출간되었습니다. 예리하고 정확한 풍자, 개성 있는 인물에 대한 섬세한 묘사와 유머가 뛰어난 작가입니다.
대표작으로 「오만과 편견」, 「이성과 감성」, 「맨스필드 공원」, 「엠마」 등이 있습니다.

정 진 엮음

서울에서 태어나, 단국대학교 문예창작 대학원에서 박사 과정을 공부했습니다.
새벗문학상을 받으면서 동화 작가로 등단했으며, 그동안 지은 책으로 「꿈을 먹는 맥」 「무지개 집」 등이
있습니다. 지금은 아동문학인협회 · 새벗문학회 · 동화세상 회원으로 활동하고 있습니다.

2022년 4월 20일 1판 1쇄 **인쇄**
2022년 4월 25일 1판 1쇄 **펴냄**

펴낸곳 (주)효리원
펴낸이 윤종근
지은이 제인 오스틴
엮은이 정 진 **그린이** 양나리
등록 1990년 12월 20일 · **번호** 2-1108
우편 번호 03147
주소 서울시 종로구 삼일대로 457, 406호
전화 02)3675-5222 · **팩스** 02)765-5222

ISBN 978-89-281-0162-7 64800

이메일 hyoreewon@hyoreewon.com
홈페이지 www.hyoreewon.com

소중한 ______________________ 에게

__________________ 가(이) 선물합니다.

____

오만과 편견

제인 오스틴 지음
정 진 엮음 / 양나리 그림

진정한 사랑은 '오만'과 '편견'을 깨뜨린다

이 책의 제목인 「오만과 편견」은 남자 주인공인 '다아시'와 여자 주인공인 '엘리자베스'를 나타낸다.

'오만'은 '잘난 체하며 남을 업신여기는 태도'를 뜻한다. 좋은 가문과 풍족한 재산, 근사한 외모까지 갖춘 '다아시'가 오만한 것은 어쩌면 당연하다. 다아시는 겉으로 보이는 그 '오만'으로 인해 자신의 참모습을 제대로 보여 주지 못한다.

'편견'은 '한쪽으로 치우쳐서 객관적이지 않고 공정하지 못한 생각'을 뜻한다. 생기발랄하고 지혜로운 엘리자베스는 '다아시'의 첫인상이 오만하고 불쾌했기 때문에 편견을 갖게 된다.

다아시의 말과 행동, 인간성까지 다 나쁘게 받아들이고 오해는 점점 깊어진다. 또 다아시는 엘리자베스를 속으로 무척 좋아하면서도 무뚝뚝하고 차가운 경향 때문에 마음을 제대로 표현하지 못한다. 이렇게 오만과 편견에 빠진 두 주인공은 과연 나중에 어떻게 될까?

오만한 다아시와 편견이 강한 엘리자베스가 서로의 참모습을 깨닫고 사랑을 확인하게 되기까지의 이야기가 이 작품에 담겨 있다.

독자들은 두 주인공이 어떻게 오해를 풀고 사랑을 이루게 되는지 흥미진진하게 지켜보면서 끝까지 읽게 될 것이다.

책의 마지막 장을 덮을 때쯤엔 진정한 사랑을 이루려면 '오만'과 '편견'을 갖지 않아야 된다는 이 작품의 메시지가 가슴에 깊숙이 들어온다. 이 작품의 메시지는 21세기인 오늘날에도 드라마와 영화로 만들어져 많은 사람들에게 공감을 주고 있다.

이 작품을 쓴 작가인 제인 오스틴은 낭만주의 시대에 살았지만 퍽 사실적이고 실생활을 충실하게 묘사하는 글을 썼다. 목사의 딸로 태어나 평생 독신으로 살았는데, 그렇기 때문에 더 '결혼'이라는 주제에 대해 집중해서 이야기를 쓸 수 있었다고 본다.

긴밀한 구성과 등장인물들에 대한 정확하고 섬세한 성격 묘사, 재기 발랄한 유머는 독자들을 지루할 틈 없이 빠져들게 한다. 특히 여자 주인공인 '엘리자베스'는 작가의 분신이며 바람직한 여성상을 제시한다.

서머싯 몸이 세계 10대 소설의 하나로 선정할 만큼 이 책은 시대를 뛰어넘는 보편성과 매력을 갖춘 작품이다. 그래서 지금도 영화와 드라마로 계속 만들어지고, '진정한 사랑을 찾아가는 방법'에 대해 큰 깨달음을 주는 명작으로 꼽히고 있다.

엮은이 정 진

| 차례 |

네더필드 저택의 새 주인

사람들은 재산이 꽤 많은 독신 남자가 이웃집으로 막 이사를 오면, 벌써 그 남자를 자신의 딸들 중 누군가의 남편감이라고 결정해 버린다. 그 남자의 성격이나 성품은 알지도 못하면서 말이다. 베넷 부인이 바로 그랬다.

"여보, 네더필드 저택에 누군가 이사 온다는 소식 들었어요?"

어느 날, 베넷 부인이 남편에게 물었다.

"못 들었소."

베넷 씨는 책에서 눈도 떼지 않은 채 대답했다.

"조금 전에 롱 부인이 찾아와서 다 얘기해 줬어요."

이 말에 대해서 베넷 씨는 아무 대답도 하지 않았다.

"어떤 사람이 이사 왔는지 당신은 알고 싶지 않으세요?"

베넷 부인이 답답하다는 듯이 큰 소리로 물었다.

"당신이 그렇게 얘기하고 싶으면 내가 들어 줘야지."

베넷 부인은 남편의 말이 떨어지기가 무섭게 이야기를 늘어놓았다.

"글쎄요, 롱 부인 말로는 북잉글랜드 출신의 굉장한 부자 청년이래요. 지난 월요일에 사두마차를 타고 와서 둘러보고는 그 자리에서 바로 계약을 했대요. 아주 마음에 들어 하면서요."

"그 사람 이름이 뭐지?"

"빙리래요."

"기혼인가, 미혼인가?"

"어머! 당연히 독신이죠. 당신도 참! 재산이 아주 많은 청년이라니까요. 연 수입이 4, 5천 파운드나 된대요. 우리 딸들에게 이보다 더한 희소식도 없을 거예요."

"뭐요? 그 사람이 우리 딸들과 대체 무슨 상관이 있는 건지 모르겠군!"

"당신도 참. 왜 그렇게 답답한 거예요! 우리 딸들 중 누군가와 그 사람이 결혼할 수도 있다고 생각하지 않으세요?"

베넷 부인이 대답했다.

"그럼 그럴 속셈으로 여기에 이사를 오는 건가?"

"그럴 속셈이라뇨? 아이고, 어이없어라! 어떻게 그런 말을 할 수가 있죠? 하지만 우리 딸들 중 누군가와 사랑에 빠지게 될지도 모르잖아요. 그러니까 그 사람이 이사 오는 대로 당신이 한번 찾아가 봐요."

"그렇게 가고 싶으면 당신이 애들 데리고 가 보면 되지 않겠소? 아니면 딸들만 보내는 편이 나을지도 모르겠군. 당신은 여전히 미모가 뛰어나서 빙리라는 청년이 당신을 좋아하게 되면 안 되니까."

"그만 치켜세워요. 뭐, 나도 한때는 미인이었죠. 하지만 말만 한 딸을 다섯이나 둔 여자가 새삼스레 자신의 미모에 대해 생각할 수나 있겠어요?"

베넷 부인은 남편에게 진지하게 부탁했다.

"그러니까 당신은 빙리 씨가 이사를 오거든 꼭 한번 찾아가 보세요. 아셨죠?"

"그건 약속할 수 없겠는걸."

"그렇지만 딸들 생각을 좀 해 봐요. 딸들 중 한 명을 훌륭하게 결혼시킬 수 있다는 사실을 조금이라도 생각해 보라고요."

"빙리 씨는 오히려 당신이 찾아가면 기뻐할 거요. 나는 편지를 한 통 쓸 테니 당신이 좀 전해 주구려. 딸들 중 아무나 마음에 드는 애를 한 명 골라 주신다면 아주 기쁘겠다고. 우리 둘째 딸 엘리자베스를 위해 추천의 말 한 마디도 꼭 덧붙여야겠군."

"제발 그런 짓은 그만둬요. 엘리자베스가 다른 아이들보다 나은 점이 있는 것도 아니잖아요. 사실 제인보다 훨씬 덜 예쁘고, 리디아보다 애교가 많은 것도 아니잖아요. 그런데도 당신은 늘 엘리자베스 편만 드는군요."

"우리 애들이 뭐 하나 잘난 게 있어야 말이지. 그래도 다행히 엘리자베스가 딸들 중에서 제일 총명하잖소."

베넷 씨가 당연하다는 듯이 말했다.

"아니, 여보! 어떻게 자기 딸들을 그렇게 무시할 수가 있어요? 당신은 날 괴롭히는 게 그렇게도 재밌어요? 내 연약한 신경이 고통받는 건 조금도 동정하지 않는군요."

"오해하지 마시오. 나는 당신의 신경을 아주 존경하고 있거든. 당신의 신경은 내 오랜 친구니까. 나는 적어도 지난 20년간 당신이 그 신경에 대해서 거듭 얘기하는 것을 측은히 여기며 들어왔다오."

"아! 당신은 내가 얼마나 괴로워하는지 모르시는 것 같아요."

"그래도 걱정 마시오. 당신은 그 괴로움을 극복하고 연 수입이

4, 5천 파운드나 되는 청년들이 이 마을로 잔뜩 몰려들어 오는 것을 볼 수 있을 때까지 오래 살 거야."

"그런 사람들이 20명 온다 해도 당신이 찾아가 주지 않으면 무슨 소용이 있겠어요?"

"그건 알 수 없지. 한 사람도 빼놓지 않고 일일이 다 찾아가 볼지 누가 아나?"

베넷 씨는 재치 있으면서도 풍자적인 기질과 신중함과 변덕이 혼합된 인물이었다. 그래서 베넷 부인은 결혼 생활을 23년이나 했으면서도 남편의 성격을 잘 몰랐다.

그에 비해 부인은 마음을 쉽게 드러내는 성격이었다. 그녀는 이해가 빠르지 못하고, 지식도 풍부하지 않으며 변덕이 심했다. 게다가 뭔가 마음에 들지 않는 일이 있을 때는 신경을 다치는 것이라고 혼자 생각해 버리곤 했다.

베넷 부인의 평생 사업이란 딸들을 결혼시키는 일이며, 유일한 낙은 이웃을 방문해서 세상 돌아가는 이야기나 하는 것이었다.

빙리 씨를 가장 먼저 찾아간 사람

빙리 씨를 가장 먼저 만나러 간 사람은 바로 베넷 씨였다. 부인에게는 끝까지 방문하지 않겠다고 고집을 피웠지만 사실은 찾아갈 마음이 있었던 것이다. 하지만 베넷 부인은 남편이 방문하고 온 사실을 전혀 몰랐다.

그날 밤, 베넷 씨는 둘째 딸인 엘리자베스가 모자에 장식을 다는 모습을 보더니 말을 꺼냈다.

"엘리자베스, 빙리 씨가 그 모자를 마음에 들어 하면 좋겠다."

그 말을 들은 베넷 부인이 화가 불쑥 치밀어서 말했다.

"빙리 씨가 어떤 걸 좋아하는지 우리들이 알 필요 없잖아요. 당신은 찾아가지도 않으면서."

베넷 부인은 이제 딸들 중 한 명에게 화풀이를 하기 시작했다.

“키티, 제발 부탁이니 기침 좀 그만 해라. 너는 내 신경을 갈기갈기 찢어지게 하는구나!”

“흠, 키티는 기침을 조심성 없이 해. 해서는 안 될 때에 한단 말이야.”

베넷 씨가 말했다.

“나도 재밌어서 기침을 하는 게 아니에요.”

키티가 화를 내며 대답했다.

“엘리자베스 언니, 다음 무도회는 언제야?”

“보름 후야.”

“맞다, 그랬지. 그렇다면 롱 씨는 그 전날까지 안 돌아올 테니 우린 빙리 씨를 소개받을 수 없겠구나. 롱 씨가 빙리 씨를 우리에게 소개시켜 준다고 했는데 말이야.”

베넷 부인은 실망한 듯이 말했다.

“그럼 당신이 롱 부인 대신 빙리 씨를 소개하면 되겠군.”

베넷 씨가 말하자, 베넷 부인이 날카롭게 소리를 질렀다.

“빙리 씨 얘기는 이제 넌덜머리가 나요.”

“거참, 안됐군. 그 사실을 오늘 아침에만 알았어도 내가 빙리 씨를 찾아가지는 않았을 텐데. 참 난처하게 됐구먼. 일단 방문을 했으니 이제 와서 친분을 끊을 수도 없고."

식구들은 그가 짐작했던 것보다 더 놀란 표정을 지었다. 그중에서도 베넷 부인이 가장 크게 놀랐다. 처음에는 기쁨에 넘쳐 소란을 피우더니 곧 자기는 처음부터 이렇게 될 줄 알았다고 당당하게 말했다.

"당신은 정말 좋은 분이에요, 여보! 당신이 결국 내 말을 들어주실 거라고 믿었어요. 당신처럼 딸들을 사랑하는 분이 그런 사람과 알고 지낼 기회를 나 몰라라 하지 않을 줄 알았다니까요. 정말이지, 너무너무 기뻐요! 오늘 아침에 다녀왔으면서 어쩜 지금까지 아무 말도 하지 않으시다니. 참 재미있네요."

"키티, 이제는 마음껏 기침을 해도 되겠구나."

베넷 씨는 아내가 기뻐 소란을 피우는 모습에 혀를 차면서 방을 나가 버렸다.

"얘들아, 너희 아버지는 참 훌륭한 분이시다. 너희들이 아버지의 은혜에 보답이나 할 수 있겠니? 우리 정도 나이가 들면 매일 새로운 사람을 만나 친분을 쌓는다는 게 그다지 즐겁지는 않단다. 하지만 너희들을 위해서라면 우린 무슨 일이든 할 거야. 리디아, 우리 착한 아기. 너는 나이가 제일 어리지만 이번 무도회에서 빙리 씨는 틀림없이 네게 춤을 청할 거야."

베넷 부인이 딸들에게 말했다.

“아이, 엄마! 난 겁나지 않아! 나이는 제일 어려도 키는 내가 가장 크니까.”

리디아가 씩씩한 목소리로 말했다.

그날 저녁 남은 시간은 빙리 씨가 베넷 씨의 방문에 얼마나 빨리 답례로 찾아올 것인지를 추측해 보고, 빙리 씨를 언제 식사에 초대할 것인지 이야기를 나누는 것으로 채워졌다.

첫 번째 파티에서 일어난 일

베넷 부인은 남편에게 빙리 씨에 대해 이것저것 물었다. 하지만 만족할 만한 이야기는 아무것도 알아내지 못했다.

베넷 부인과 다섯 딸들은 베넷 씨한테 여러 가지 방법으로 물었다. 노골적으로 묻기도 하고, 교묘하게 에둘러 묻기도 하고, 마음대로 자기 생각을 말하기도 했다. 하지만 베넷 씨는 전혀 넘어가지 않았다.

결국 이웃에 사는 루카스 부인에게 알아보는 수밖에 없었다. 루카스 부인이 준 정보는 아주 반가운 내용이었다. 빙리 씨는 상당히 좋은 평가를 받고 있었다. 남편인 윌리엄 경이 빙리 씨를 퍽 마음에 들어 한다고 했다. 그는 아주 젊고, 꽤 미남이며,

더없이 상냥한 성격이었다. 게다가 빙리 씨는 다음 사교 모임에 많은 친구들을 데리고 올 작정이라고 했다. 이보다 더 신나는 소식이 있을까? 춤을 좋아한다는 것은 사랑에 빠지는 길에 한 발짝 발을 들여놓는 것이나 마찬가지였다.

다들 빙리 씨의 마음을 사로잡을 수 있다는 희망이 부풀어 올랐다.

"우리 딸들 중 한 명이 운 좋게도 네더필드에서 살게 되고, 다른 아이들도 행복하게 결혼하는 모습을 볼 수만 있다면 정말 더 바랄 게 없겠어요."

베넷 부인이 희망에 찬 목소리로 남편에게 말했다.

며칠 후에 빙리 씨가 답례로 베넷 씨를 방문하러 왔다. 빙리 씨는 10분 정도 베넷 씨와 함께 서재에 앉아 있었다. 빙리 씨는 아름답다고 소문난 이 댁 딸들을 보고 싶었다. 하지만 딸들의 아버지밖에 볼 수가 없었다.

딸들은 조금 더 운이 좋았다. 위층 창문을 통해 빙리 씨가 파란 외투를 입고 검은 말을 타고 오는 것을 볼 수 있었기 때문이다.

마침내 무도회 날이 다가왔다. 빙리 씨와 두 명의 자매, 자매 중 결혼한 언니의 남편과 또 다른 청년 한 명이 무도회에 나타

났다.

빙리 씨는 잘생기고 훌륭한 신사답게 보였다. 그의 여자 형제인 두 자매도 상당히 세련된 미인이었다.

그의 매부인 허스트 씨는 그냥 평범한 신사처럼 보였지만, 친구인 다아시 씨는 훤칠하게 큰 키에 용모도 잘생겼지만, 태도 또한 품위 있었다. 여자들은 보자마자 빙리 씨보다 다아시 씨가 훨씬 더 미남이라고 말했다. 하지만 여자들의 칭찬은 그리 오래 가지 못했다.

그날 밤 모임의 중반까지는 그가 사람들에게 감탄의 시선을 받았지만, 시간이 지날수록 사람들한테 혐오감을 주었기 때문에 인기도 한풀 꺾이고 말았다.

다아시 씨는 거만하여서, 모임에 온 사람들을 얕잡아 보고 함께 즐기려고 하지 않았다. 더비셔에 있다는 다아시 씨의 광대한 영지조차도 아무 도움이 되지 않을 정도였다. 무뚝뚝하고 사람을 얕잡아 보는 표정은 그를 친구인 빙리 씨와 비교될 가치도 없는 인물로 만들어 버렸다.

한편 빙리 씨는 그 방에 있던 주요 인물들과 반갑게 인사를 나누었다. 그는 쾌활하고 스스럼없이 행동했다. 한 번도 빼지 않고 춤을 추었으며, 무도회가 너무 빨리 끝났다고 화를 내기도 했다. 또 자신이 네더필드에서 무도회를 한번 열겠다고 했다. 이런 사랑스러운 자질들은 사람들에게 저절로 알려지게 되어 있다. 정말 빙리 씨와 그의 친구인 다아시 씨는 너무도 대조적이었다.

엘리자베스 베넷은 신사들의 숫자가 적었기 때문에 춤이 두 번 진행되는 동안 자리에 앉아 있어야 했다. 그 사이에 우연히 다아시 씨 근처에 있다가 그와 빙리 씨가 나누는 대화를 들었다.

"다아시, 제발 같이 춤을 추세. 나는 자네가 그렇게 멍청한 모습으로 혼자 서 있는 게 보기 싫다네."

빙리 씨가 말했다.

"나는 안 추고 싶네. 잘 아는 파트너가 아니면 춤추기 싫어한다는 걸 자네도 잘 알지 않나?"

"자네처럼 까다로운 사람은 처음 보네! 오늘 저녁만큼 이렇게 괜찮은 아가씨들을 많이 본 적이 없는데 말이야."

빙리 씨가 언성을 높였다.

"자네는 저 아름다운 아가씨하고만 춤을 추지 않았나?"

다아시 씨는 이렇게 말하며 베넷 씨의 큰딸인 제인을 바라보았다.

"그래, 저렇게 아름다운 아가씨는 본 적이 없네! 하지만 그 동생들 중에 자네 바로 뒤에 앉아 있는 아가씨도 아주 아름답네. 게다가 마음도 아주 고와 보이지. 내 파트너에게 부탁해서 자네에게 소개시켜 달라고 해도 괜찮겠지?"

"어디?"

이렇게 말하며 뒤돌아본 다아시 씨는 잠시 엘리자베스를 바라봤지만 그녀와 눈이 마주치자 시선을 돌리고 비웃듯이 말했다.

"다른 남자들이 쳐다보지도 않는 아가씨를 위해서 봉사하고 싶은 마음은 조금도 없다네. 자네는 얼른 자네 파트너에게 가서 그녀의 미소나 즐기게나."

다아시 씨의 말을 들은 엘리자베스는 기분이 무척 상했다. 하지만 그녀는 친구들에게 그 이야기를 신이 나서 해 주었다. 그녀는 조금이라도 우스꽝스러운 일이 생기면 아주 재미있어 못 참는 쾌활하고 장난기 많은 성격이었다.

베넷 일가 모두에게 그날 밤은 아주 즐거운 시간이었다.

집에 돌아온 베넷 부인이 남편에게 말했다.

"여보, 아주 즐거운 밤이었어요. 정말 멋진 무도회였어요. 당신도 함께 갔으면 좋았을 텐데. 제인은 더할 나위 없이 인기가 좋았어요. 모든 분들이 어쩜 저렇게 아름다울 수 있냐고 말했다니까요. 빙리 씨도 제인이 아주 아름답다고 생각해서 두 번이나 함께 춤을 췄다고요! 한번 생각해 보세요, 여보. 두 번이나 춤을 췄다니까요."

베넷 부인은 계속해서 말했다.

"아, 여보, 나는 빙리 씨가 아주 마음에 들었어요. 누구보다도 멋진 미남이잖아요. 그 자매들도 첫눈에 반할 정도의 인물들이었고요."

갑자기 다아시 씨의 무례함이 떠오른 베넷 부인은 화가 나 견딜 수 없다는 듯이 말했다.

"엘리자베스는 다아시란 사람의 마음을 끌지는 못했지만 오히려 잘된 일이에요. 그런 불쾌한 사람의 마음에 들면 골치만 아프죠. 그 잘난 척하며 오만하게 구는 모습은 정말 견딜 수 없었어요. 자기는 아주 대단한 사람이라고 뻐기면서 여기저기 돌아다녔다고요. 엘리자베스가 춤 상대로 삼기조차 부끄러울 정도의 용모라고 떠들면서! 당신이 그 자리에 있었다면 그 독설로 따끔하게 혼을 내줬을 텐데. 정말 기분 나쁜 남자예요."

엇갈리는 의견

제인과 엘리자베스만 단둘이 있게 되었다. 제인은 빙리 씨가 아주 멋진 분이라고 칭찬을 했다.

“그분은 정말 훌륭한 청년이야. 영리하고 쾌활하고 시원시원해. 마음도 아주 넓고 예의도 바르고. 그렇게 품위 있는 태도는 처음 봤어.”

“거기다가 미남이잖아. 젊은 남자의 모범답게 말이야. 그러니 완벽한 사람이지!”

엘리자베스가 대답했다.

“그분이 두 번째로 춤을 청해 왔을 때는 정말 기뻤어. 그런 남다른 대우는 기대도 하지 않았는데 말이야.”

"어머, 그래? 난 그분이 언니한테 그럴 거라고 생각했어. 바로 그게 언니와 내가 다른 점이야. 언니는 남다른 대우를 받으면 항상 놀라지만, 난 아니거든. 그분이 언니에게 춤을 다시 청하는 건 너무나 당연한 일이야. 언니가 그 방에 있던 어떤 여자보다도 다섯 배는 더 예쁘다는 걸 모를 리가 없지. 그걸 가지고 감사해할 건 없어. 하지만 그분은 틀림없이 상냥한 분이야. 내가 허락할 테니 그분을 마음껏 좋아하도록 해. 언니는 더 멍청한 남자들도 여럿 좋아했었지."

"얘는! 어떻게 그런 말을……."

"뭘, 언니는 아무나 금방 좋아하잖아. 언니에게는 다른 사람의 결점이 보이지 않으니까. 언니 눈에는 세상 모든 사람들이 선량하고 좋아 보이지?"

"나는 단지 다른 사람의 험담을 함부로 하지 않으려는 것뿐이야. 하지만 내 의견은 확실하게 말한다고."

"바로 그게 이상하다는 거야. 언니만큼 분별력 있는 사람이 어째서 타인의 멍청한 행동이나 바보 같은 행동을 보지 못하는 걸까? 언니는 그분의 여자 형제들도 좋아하지, 그렇지? 하지만 그 사람들의 태도는 그분과 달랐어."

"언뜻 보기엔 그렇지만 이야기해 보면 좋은 여자들이야. 그분

들은 틀림없이 좋은 이웃이 될 거야."

엘리자베스는 아무 말 없이 귀를 기울였지만 그렇게 되리라고는 믿지 않았다. 모임에서 보여 준 두 사람의 행동은 너무 오만했고 자존심도 강했다.

한편 빙리 씨와 다아시 씨의 성격은 그야말로 정반대였지만 둘의 우정은 아주 굳건했다. 빙리 씨는 솔직하고 털털하며 유연한 성격 때문에 다아시 씨에게 사랑받았다. 또 빙리 씨는 다아시 씨의 자신에 대한 우정을 굳게 믿었으며, 무엇보다 다아시 씨의 판단력을 높이 평가했다. 다아시 씨는 누가 뭐래도 총명하고 지적 능력이 뛰어났다.

빙리 씨와 다아시 씨는 메리턴의 모임에 대해 이야기하는 태도도 아주 달랐다. 빙리 씨는 지금까지 이렇게 유쾌한 사람들과 이렇게 아름다운 아가씨들을 만난 적이 없었다고 했다. 모든 사람들이 자신을 친절하고 상냥하게 대해 주었다고도 말했다. 그리고 제인에게 호감이 간다면서, 귀여운 아가씨라고 공언한 뒤 좀 더 깊이 사귀고 싶다고도 말했다. 반대로 다아시 씨는 괜찮은 사람이 별로 없었으며, 제인은 예쁘기는 하지만 웃음이 헤프다고 했다.

루카스 집안

롱본에서 걸어갈 수 있을 만큼 가까운 곳에 베넷 집안과 남달리 친하게 지내는 가족이 살았다. 윌리엄 루카스 경의 집안이었다.

루카스 부인은 선량한 사람이었고, 그녀의 큰딸인 샬럿은 분별력이 있고 머리가 좋은 아가씨였다. 엘리자베스와는 둘도 없는 친구 사이였다.

루카스 집안 딸들과 베넷 집안 딸들은 무슨 일이 있어도 서로 만나서 무도회에 관한 이야기를 나누고 싶어 했다. 그래서 모임이 있던 다음 날 아침, 루카스 집안 딸들이 롱본으로 찾아와서 이야기를 나누었다.

"넌 어젯밤 시작이 참 좋았어, 샬럿. 빙리 씨가 처음으로 네게 춤을 청하지 않았니?"

베넷 부인이 시치미를 떼고 샬럿 양에게 싹싹하게 말했다.

"그래요. 하지만 그분은 두 번째 파트너에게 마음을 빼앗긴 듯했어요."

"어머, 제인을 말하는 거니? 하긴 두 번이나 춤을 청했으니까. 그분은 틀림없이 그 아이가 마음에 든 듯했어. 하지만 다아시란 청년은 어쩜 그리 거만하고 무뚝뚝한지 모르겠더라."

베넷 부인은 불쾌한 표정을 지으며 말했다.

"빙리 양이 그러는데 그분은 친한 사람이 아니면 별로 얘기를 하지 않는대요. 대신 친해진 사람에게는 아주 친절하다고 하던데요."

제인이 말했다.

"너는 그런 말을 믿니? 다른 사람들의 말에 의하면 그 사람은 오만하기 그지없다더구나."

베넷 부인이 제인을 바라보며 확신에 찬 어조로 말했다.

"그분이 엘리자베스와 춤을 췄으면 좋았을 텐데……."

샬럿 양이 말했다.

"엘리자베스, 나라면 다음에 기회가 온다 해도 그런 사람과는 춤을 추지 않을 거다."

베넷 부인이 말했다.

"약속할 수 있어요. 무슨 일이 있어도 그 사람과는 춤을 추지 않겠어요, 어머니."

엘리자베스가 맞장구를 쳤다.

"암, 그래야지."

베넷 부인이 차를 한모금 마셔 입을 축이며 말했다.

여인들의 대화는 이렇게 계속 이어졌다.

엘리자베스에게 반한 다아시

얼마 후, 드디어 베넷가의 여인들이 네더필드의 여인들을 방문했다. 빙리의 여동생인 허스트 부인과 빙리 양은 수다스러운 베넷 부인은 좋아하지 않았지만 차분하고 따스한 제인은 마음에 들어 했다.

엘리자베스는 아무래도 그녀들을 좋아할 수가 없었다. 그들의 제인에 대한 호의에는 오만한 부분이 있기는 했지만 그녀들의 형제인 빙리 씨의 칭찬에 영향을 받은 것처럼 보였다. 그가 제인과 만날 때마다 그녀를 끊임없이 칭찬한다는 것은 누구나 다 아는 사실이었다. 또 엘리자베스는 제인이 처음부터 빙리 씨에게 호감을 품었으며, 그것이 점점 열렬한 사랑으로 바뀌어 가는 상태라는 것도 잘 알고 있었다. 하지만 그녀는 그 사실이 세상에 알려지지 않았다는 것을 다행스럽게 생각했다. 제인은 감성이 풍부하면서도 차분한 성격과 쾌활한 태도를 겸비하였기에 말 많은 사람들의 억측을 피할 수 있었다. 그녀는 이 사실을 친구인 샬럿에게 말했다.

"이런 일로 세상을 속이는 것도 재미있을지 모르겠네. 하지만 여자가 자신의 애정을 세상이 알지 못하게 하는 것처럼 그 상대인 남자에게도 느끼지 못하게 한다면 상대의 마음을 자기 것으로 만들 기회를 놓치게 될지도 몰라. 처음에 상대를 조금 좋아하게 되는 것은 아주 자연스러운 일이지만, 막상 정말로 사랑하게 되었을 때 상대의 마음을 모르고도 깊이 사랑할 수 있는 사람은 아주 드물거든. 십중팔구 여자는 역시 실제 느끼는 것 이상으로 애정을 표현하는 편이 좋아. 빙리 씨는 물론 네 언니를 좋아해. 하지만 언니 쪽에서 손을 내밀지 않는다면 언제까지고 그냥 좋아하는 감정에 머물고 말 거야."

샬럿이 진지하게 말했다.

엘리자베스는 언니에 대한 빙리 씨의 애정을 관찰하는 일에만 몰두했다. 그래서 그의 친구인 다아시가 자신에게 흥미를 느끼기 시작했다는 사실은 눈치채지 못했다.

처음에 다아시 씨는 그녀가 아름답다고 생각하지 않았다. 그 뒤에 만났을 때도 단지 비판하기 위해서 그녀를 바라보았을 뿐이었다. 하지만 그녀의 아름다운 표정이 얼굴 전체를 상당히 총명하게 해 준다는 사실을 알게 되었다. 그는 그녀의 경쾌하고 명랑한 행동에 마음이 끌렸다.

하지만 그녀는 그 사실을 전혀 몰랐다. 그녀에게 그는 어디서나 냉담한 남자, 자신을 춤 상대로 삼을 만큼 아름답지 못한 여자라고 생각하는 남자에 지나지 않았다.

윌리엄 루카스 경의 저택에서 큰 모임이 개최되었을 때였다. 엘리자베스가 샬럿에게 말했다.

"내가 포스터 대령과 이야기할 때, 다아시 씨는 왜 내 주변에서 엿듣고 있었을까?"

"그건 다아시 씨만이 답할 수 있는 질문인데."

"하지만 다음에 또 그런 짓을 한다면 '난 당신이 무슨 짓을 하는지 알고 있습니다.'라고 폭로해 버릴 거야."

얼마 지나지 않아서 그가 그녀들 쪽으로 다가오기 시작했다.

"다아시 씨, 내가 포스터 대령에게 메리턴에서 무도회를 열어 달라고 청할 때, 말을 꽤 잘했죠?"

"아주 열의가 대단하시더군요. 그런데 그런 이야기는 여자들에게나 관심을 끄는 문제겠죠."

"여자들에 대해 가혹하시네요."

그때였다. 샬럿이 엘리자베스에게 노래를 불러 달라고 했다.

"너는 내 친구지만 정말 이상한 애야. 아무 앞에서나 무턱대고 연주해라, 노래 불러라 하니 말이야. 내가 음악에 소질이 있다면 네 말을 아주 고맙게 생각하겠지만 난 그렇지 않아. 평소에 일류 연주가들의 연주만 듣는 사람들 앞에서는 정말 연주하고 싶지 않다니까."

하지만 샬럿이 계속 부탁하자 노래를 부르기 시작했다.

엘리자베스의 노래는 아주 훌륭하다고는 할 수 없었지만 듣는 사람들의 기분이 좋아졌다. 한 곡, 두 곡이 끝난 후에 몇몇 사람들이 한 곡 더 불러 줄 것을 청했다.

그런데 그에 대한 대답을 채 하기도 전에 동생인 메리가 얼른 나서서 피아노 앞에 앉아 버렸다.

가족 중에서 유일하게 아름답지 못한 메리는 학문과 예술을 열심히 공부했기 때문에 틈만 나면 자기 실력을 보여 주기 위해 몸부림을 쳤다.

메리는 타고난 재능도 없었으며 취미도 없었다. 단지 허영심 때문에 열심히 연습할 뿐이었다. 또 그 허영심 때문에 잘난 척

을 하거나 건방진 태도를 보이기도 했다.

다아시 씨는 마음속으로, 이렇게 대화가 없는 모임이 어디 있겠냐며 분개하고 있었다. 그는 자신의 생각에 너무 깊이 빠진 바람에 윌리엄 루카스 경이 말을 걸어올 때까지 알아채지도 못했다.

"젊은 사람들에게는 춤이야말로 참으로 매력적인 즐거움이죠, 다아시 씨?"

"물론이지요. 하긴 야만인들도 춤은 추니까요."

윌리엄 경은 미소를 지을 뿐이었다.

그러고는 한동안 입을 다물고 있다가 빙리가 무리 속으로 들어가는 것을 보고 말을 이었다.

"당신 친구는 춤을 아주 잘 추는군요. 당신도 틀림없이 춤을 잘 추겠지요, 다아시 씨?"

그때 엘리자베스가 그들 쪽으로 다가왔다. 윌리엄 경은 여자를 아주 소중히 여긴다는 것을 행동으로 보여 주고자 커다란 소리로 그녀에게 말을 걸었다.

"이봐요, 엘리자베스 양. 어째서 춤을 추지 않는 거죠? 다아시 씨, 이 젊은 아가씨를 당신의 멋진 춤 상대로 소개하겠습니다. 이렇게 아름다운 사람이 당신 앞에 나타났으니 더 이상 춤을 안

추겠다고 고집부리지 마세요."

이렇게 말하면서 엘리자베스의 손을 잡아 다아시 씨에게 건네려 했다.

다아시 씨는 깜짝 놀랐지만 엘리자베스의 손을 잡는 것이 싫지는 않았다.

하지만 그녀가 갑자기 손을 뺀 뒤, 조금 망설이며 윌리엄 경에게 말했다.

"저는 정말 춤을 추고 싶은 마음이 조금도 없어요."

다아시 씨가 진지한 얼굴로 정중하게 그녀의 손을 잡으려 했지만 소용없었다.

엘리자베스의 마음은 아주 확고했다. 윌리엄 경이 아무리 설득해도 그녀는 결심을 바꾸지 않았다.

"엘리자베스 양, 당신은 춤을 아주 잘 추면서도 그걸 보여 주지 않겠다니 너무하는군요. 이분도 오락을 그다지 좋아하지는 않지만 30분 정도라면 함께 즐기실 거라고 생각하는데요."

"다아시 씨는 아주 예의 바르신 분이니까요."

엘리자베스가 미소 지으며 말했다. 그러고는 아름다운 시선을 다른 곳으로 돌렸다.

이때 빙리 양이 다가와 다아시 씨에게 말을 걸었다.

“매일 밤 이런 식으로 보내는 것은 참을 수 없는 일이라고 생각하시죠? 나도 이렇게 짜증나기는 처음이에요.”

“당신의 추측은 완전히 빗나갔어요. 나는 한 아름다운 여인의 밝은 눈동자에 커다란 기쁨을 느끼고 있습니다.”

“그 여인이 누구인지 궁금하네요.”

“엘리자베스 베넷 양입니다.”

“어머, 놀랐어요. 도대체 언제부터 그분을 그렇게 좋아하게 되신 거죠?”

빙리 양은 어이가 없다는 표정으로 엘리자베스를 바라보았다.

네더필드로 초대 받은 제인

어느 날 하인이 제인 양 앞으로 온 편지를 가지고 왔다. 네더필드에서 온 편지였다. 하인은 답장을 기다리고 있었다.

베넷 부인의 눈이 기쁨으로 빛났다. 딸이 편지를 읽는 동안 부인은 흥분된 어조로 다그쳐 물었다.

"제인, 누가 보낸 거니? 무슨 내용인지 말 좀 해 보렴, 어서."

"빙리 양한테서 온 거예요."

제인이 소리 내어 편지를 읽었다.

친애하는 벗에게

만약 당신이 오늘 루이자와 내가 식사를 할 때 방문해 주시는 친절을 베풀지 않는다면 루이자와 나는 앞으로 평생 동안 서로를 미워하며 살아가게 될지도 모릅니다. 여자 둘이서 하루 종일 머리를 맞대고 있으면 싸움으로 끝나지 않기가 힘드니까요.

이 편지를 받는 즉시 이곳으로 와 주세요. 저희 오빠와 신사들은 장교와 식사를 하러 나갈 거예요.

그럼 이만 총총.

-캐롤라인 빙리-

"어머니, 마차 좀 써도 돼요?"

제인이 물었다.

"안 된다. 말을 타고 가는 편이 좋겠구나. 비가 올 것 같은데, 그럼 밤새 머물러야 될 테니까."

"그거 참 좋은 방법이네요. 그 집에서 언니를 바래다주겠다고 말하지 않는 한."

엘리자베스가 말했다.

"하긴 빙리 씨 마차는 빙리 씨와 신사들이 타고 메리턴에 갈 테고, 허스트 부부한테는 마차가 없으니까."

"저는 마차로 가고 싶어요."

"하지만 얘야, 아버지가 말을 여러 마리 내줄 수는 없을 거다. 분명 농장에서 쓸 일이 있을 거야. 그렇죠, 여보?"

"으음, 내가 쓰는 시간보다 밭에서 쓰는 시간이 더 많은 건 사실이지."

"어쨌든 오늘 아버지가 쓰신다고 하면 어머니의 목적은 달성되는 셈이네요."

엘리자베스가 말했다.

제인은 마차 대신 말을 타고 갈 수밖에 없었다.

어머니는 쾌활한 목소리로 날씨가 나빠질 것 같다고 거듭 말하면서 문까지 배웅을 나갔다.

제인이 집을 나간 지 얼마 지나지 않아서 장대 같은 비가 내리기 시작했다. 동생들은 언니를 걱정했지만 어머니는 기뻤다. 비는 밤새도록 조금도 그치지 않고 계속해서 내렸다. 틀림없이 제인은 돌아올 수 없었다.

"역시 내 생각이 옳았어."

베넷 부인은 몇 번이고 이렇게 말했다. 마치 자기가 비를 내리게라도 했다는 듯이. 그러나 그녀는 다음 날 아침이 될 때까지 모든 일이 자신이 계획한 대로 되었다는 사실을 알지 못했다.

아침 식사가 막 끝났을 때, 하인이 네더필드에서 엘리자베스

앞으로 보낸 편지를 가지고 왔다.

사랑하는 엘리자베스에게

오늘 아침 나는 몸이 아주 좋지 않아. 어젯밤 비에 흠뻑 젖어서 그런지도 모르겠어. 여기 계신 분들이 내 몸이 좋아질 때까지 돌아가서는 안 된다고 한단다. 존스 씨에게 진찰을 받아야 한다면서 놓아주지 않는구나.

그러니 존스 씨가 나를 진찰하러 왔다는 소식을 듣더라도 놀라지 마. 목이 아프고 두통이 있을 뿐 다른 이상은 없으니까.

그럼 이만.

엘리자베스가 큰 목소리로 편지를 다 읽자 베넷 씨가 말했다.

"이봐, 당신은 딸이 위험한 병에 걸려 죽는다고 해도 당신 명령대로 빙리 씨를 따라가다 생긴 일이라면 그걸로 만족이지?"

"흥! 그 애가 죽다니요? 사람이 감기에 좀 걸렸다고 죽겠어요? 그 댁에 있는 한 잘 간호해 줄 테니 괜찮을 거예요. 마차가 있다면 내가 한번 가 보고 싶지만."

엘리자베스는 정말 걱정이 되어서 마차가 없더라도 찾아가기로 결심했다. 그녀는 말을 탈 줄 모르기 때문에 걸어갈 수밖에 없었다. 엘리자베스는 혼자서 계속 걸었다. 빠른 걸음으로 들판을 가로질러, 가축의 침입을 막기 위한 울타리를 뛰어넘고, 웅덩이도 뛰어 건넜다. 마침내 집이 보이는 곳까지 왔을 때는, 복사뼈는 시큰거리고 양말은 더러워졌으며 얼굴은 열기로 빨갛게 달아올랐다.

그녀는 아침 식사를 하는 방으로 안내되었는데, 제인을 제외한 모든 사람이 모여 있었다. 그녀가 나타나자 다들 깜짝 놀랐다. 이렇게 이른 아침에, 험한 날씨로 길이 좋지 않은데도 혼자서 3마일이나 걸어왔다는 사실은 허스트 부인과 빙리 양에게는 믿을 수 없는 일이었다.

엘리자베스는 그녀들이 그런 이유로 자신을 경멸하고 있다는 사실을 알 수 있었다. 하지만 그녀들은 아주 정중하게 엘리자베스를 맞아들였다.

그러나 그녀들의 형제인 빙리 씨의 태도에서는 정중함 이상의 무엇인가를 느낄 수 있었다. 바로 선의와 친절이었다. 허스트 씨는 아무런 말도 하지 않았으며, 다아시 씨도 거의 말을 하지 않았다.

다아시 씨는 서둘러 걸어온 탓에 빨갛게 상기된 그녀의 아름다운 얼굴에 마음을 빼앗겼다. 하지만 한편으로는 혼자서 이렇

게 멀리까지 걸어와야만 할 일이었나 의문도 품었다.

허스트 씨는 아침 식사를 하는 데만 열중할 뿐이었다.

언니의 용태에 대해서 묻자, 그다지 좋지 않은 대답이 돌아왔다. 제인은 어젯밤에 잠을 잘 못 잤으며, 지금 깨어 있기는 하지만 열이 많아서 방에서 나올 수 없다고 했다.

엘리자베스는 곧 언니가 있는 방으로 안내되었다. 동생이 방으로 들어서자 제인은 굉장히 기뻐했다.

엘리자베스는 제인과 한시도 떨어지지 않았다. 제인이 그녀와 헤어지는 것을 아주 걱정했기 때문에 엘리자베스도 네더필드에 머물기로 했다.

제인을 위하는 엘리자베스

엘리자베스는 저녁 식사를 마치자 바로 제인의 방으로 돌아갔다. 빙리 양은 그녀가 식당에서 나가자마자 험담을 해 대기 시작했다.

매너가 형편없으며 오만하고 남을 배려할 줄 모른다고 했다. 대화도 할 줄 모르고, 미적 감각이 없는 데다 예쁘지도 않다는 것이었다.

언니인 허스트 부인도 맞장구를 쳤다.

"결국 잘 걷는다는 것 외에는 볼 게 아무것도 없는 사람이란 얘기지. 오늘 아침에 본 모습은 평생 잊을 수 없을 거야. 그야말로 미친 사람인 줄 알았다니까."

"그러게 말이야. 웃음을 참느라고 혼났어요. 도대체 여기까지 왔다는 게 믿기지 않아요. 언니가 감기에 좀 걸렸다고 시골길을 그렇게 뛰어올 필요는 없잖아요. 머리는 헝클어져 산발을 해 가지고 말이지."

"맞아. 속치마는 또 어떻고. 너도 그 사람 속치마 봤지? 한 6인치(15.24cm) 정도는 흙탕물로 더럽혀졌잖아. 그걸 감추려고 가운을 내렸지만 전혀 도움이 되지 않았지."

"그게 정확하게 본 건지는 몰라도 내 눈에는 하나도 보이지 않던걸. 오늘 아침 엘리자베스 베넷 양이 이곳에 들어섰을 때는 아주 건강하게 보였어. 속치마 같은 것은 눈에 들어오지도 않았지."

빙리가 말했다.

"3마일인지 4마일인지, 몇 마일인지는 몰라도 발목 위까지 차는 흙탕물을 튀겨 가면서 그렇게 혼자 걷다니! 도대체 무슨 생각을 하는 거지? 독립심을 과시하기 위한 건지, 시골에서 흔히 볼 수 있는 예의 따위는 싹 무시한다는 것을 보여 주려고 그런 건지 난 통 모르겠어."

빙리 양이 말했다.

"다아시 씨, 조금 걱정이 되는군요. 당신은 그녀의 반짝이는 눈을 그렇게 칭찬했는데 이번 일로 생각이 달라진 건 아닌가요?"

빙리 양이 속삭이듯이 물었다.

"천만에요. 운동을 해서 그랬는지 오히려 더욱 빛나던데요."

그가 이렇게 대답하자 한동안 침묵이 흘렀다.

엘리자베스는 그날 밤 대부분의 시간을 언니 곁에서 보냈다.

다음 날 아침이 되자 빙리 씨가 하녀를 보내 안부를 물어 왔다. 그 바로 뒤에 빙리 자매의 하녀 두 사람이 문안을 왔다.

엘리자베스는 조금 좋아졌다고 답할 수 있어서 다행이라고 느꼈다. 그렇긴 해도 엘리자베스는 어머니가 직접 와서 제인을 보고 용태를 판단해 줬으면 좋겠다는 내용의 편지를 롱본에 보내 달라고 부탁했다.

편지는 곧 롱본에 도착했고, 엘리자베스의 뜻은 그대로 이루어졌다. 베넷 부인이 어린 두 딸을 데리고 네더필드에 도착한 것은 아침 식사가 막 끝났을 때였다.

제인의 상태가 정말 심각했다면 베넷 부인도 당황했겠지만 막상 만나 보니 그리 나빠 보이지는 않았다.

베넷 부인은 제인이 다시 건강을 회복하면 네더필드를 떠나야 하기 때문에 바로 병이 낫는 것은 조금 생각해 봐야 할 일이라고 느꼈다. 베넷 부인은 집으로 데리고 가 달라는 제인의 청에는 귀를 기울이지도 않았다.

베넷 부인과 거의 동시에 도착한 의사도 그건 바람직하지 않다고 말했다.

어머니와 세 딸들은 얼마 동안 누워 있는 제인 옆에서 그녀를 지켜보았다.

곧 빙리 양이 찾아와 아침 식사를 하는 방으로 그들을 안내했다. 빙리 씨는 따님의 상태가 어머님이 예상했던 것보다 더 나쁘지 않았으면 좋겠다고 인사했다.

"생각보다 훨씬 나쁜 편이에요. 너무 심해서 아직은 집에 데려갈 수가 없겠어요. 존스 씨도 아직 움직여서는 안 된다고 말씀하시고요. 염치없지만 조금 더 신세를 질 수밖에 없겠어요."

베넷 부인의 말에 빙리 씨가 외쳤다.

"움직인다고요! 어떻게 그런 생각을 할 수가 있죠? 제 동생도 동의하지 않을 겁니다."

"걱정하지 마세요, 부인. 베넷 양이 여기에 있는 동안은 최선을 다해서 돌보겠습니다."

빙리 양이 예의 바르지만 차가운 태도로 말했다.

베넷 부인의 감사 인사가 한참 늘어졌다. 그러고는 마지막에 이렇게 덧붙였다.

"정말이지 이렇게 훌륭한 친구 분들이 아니었다면 저 아이가 어떻게 되었을지 모르겠어요. 저 애의 상태가 워낙 안 좋으니까요. 본인도 아주 힘들어하고요. 물론 잘 참고 있지만 말이에요. 저 애는 원래 참을성만큼은 누구에게도 지지 않는 편이랍니다. 저렇게 착한 아이는 세상 어디에도 없을 거예요. 나는 다른 딸들에게 곧잘 이렇게 말하지요. 너희들은 언니와 비교할 수도 없다고요."

잠시 뒤, 베넷 부인과 딸들이 돌아갔다.

드디어 집으로 돌아가다

그날도 전날과 비슷하게 시간이 흘러갔다. 허스트 부인과 빙리 양은 오전에 환자 옆에서 몇 시간을 보냈다. 제인의 병세는 천천히 조금씩 회복되는 중이었다. 그래서 저녁에는 엘리자베스가 응접실에 내려와 그들의 모임에 끼었다.

하지만 이날은 루(카드놀이의 일종) 게임을 하고 있지는 않았다. 다아시 씨는 편지를 쓰고 있었는데, 빙리 양은 그 옆에 앉아서 그가 편지 쓰는 것을 지켜보는 중이었다. 빙리 양은 다아시의 누이동생에게 자신의 소식을 전해 달라고 끊임없이 부탁해서 그가 편지를 쓰는 일에 집중할 수 없게 했다.

허스트 씨와 빙리 씨는 피케(카드놀이의 일종)를 했는데, 허스트 부인이 그들의 승부를 지켜보고 있었다.

엘리자베스는 뜨개질을 하면서 다아시와 빙리 양의 이야기에 귀를 기울이는 것으로 충분히 재미를 느꼈다. 빙리 양은 다아시가 글씨를 잘 쓰며, 행들도 잘 정렬되었고, 길이도 아주 길다는 등 쉴 새 없이 칭찬을 했지만 그는 아무리 칭찬을 들어도 무관심했기 때문에 아주 기묘한 대화가 되었다.

제인의 병세는 이제 많이 회복되었다. 그래서 엘리자베스는 하루라도 빨리 집으로 돌아가고 싶었다.

그런데 베넷 부인은 화요일 전에는 마차를 보낼 수 없다고 편지로 알려 왔고, 만약 빙리 씨와 그 누이가 붙든다면 더 머물러도 상관없다는 말까지 덧붙였다.

하지만 엘리자베스는 더 이상 머물지 않겠다고 결심했다. 그들이 자신들을 붙잡을 리가 없다고 생각했기 때문이다. 오히려 필요 이상으로 오래 머문다는 생각을 할까 봐 걱정이 된 엘리자베스는 제인에게 빙리 씨의 마차를 빌리라고 재촉했다. 결국에는 그날 아침에 네더필드를 떠나겠다는 계획을 밝히고 마차까지 빌렸다.

이 집 주인인 빙리 씨는 두 사람이 그렇게 빨리 돌아가겠다고 하자 진심으로 섭섭해하였다. 제인에게 몸이 조금 더 회복된 뒤에 가라고 몇 번이나 말했지만, 제인은 집으로 돌아가겠다는 결심을 굽히지 않았다.

다아시 씨에게 그것은 반가운 소식이었다. 그는 엘리자베스가 네더필드에 충분히 머물렀다고 생각했다. 엘리자베스는 그가 원하는 이상으로 자신의 마음을 끌었다. 게다가 빙리 양은 엘리자베스한테 무례했으며, 평소보다 더 그를 귀찮게 했다.

그는 현명한 사람이어서 지금은 엘리자베스한테 호감을 조금도 보이지 않아야겠다고 생각했다. 또 엘리자베스가 그의 행복에 영향을 줄 수 있는 사람이라는 희망을 주어 자만심을 갖게 되지 않도록 특별히 주의해야 한다고 결심했다.

토요일에는 일부러 그녀에게 말도 건네지 않았다. 단둘이서 30분이나 함께 있었지만 그는 진지한 표정으로 책만 읽었을 뿐, 그녀 쪽으로는 시선도 돌리지 않았다.

일요일 아침 식사가 끝나자 대부분의 사람들을 기분 좋게 하는 이별의 시간이 다가왔다.

빙리 양은 제인뿐 아니라 엘리자베스한테도 정중하게 인사했다. 그리고 헤어지기 직전에는 제인에게 롱본이나 네더필드에서 다시 만나게 됐으면 좋겠다고 말하고, 아주 부드럽게 포옹을 한 뒤, 이번에는 엘리자베스와도 악수를 했다.

엘리자베스는 무척 명랑한 모습으로 작별 인사를 나누었다.

어머니는 두 사람이 집으로 돌아왔지만 그다지 반갑지 않은 표정이었다. 베넷 부인은 벌써 돌아온 것에 놀라며, 빙리 씨한테 마차를 빌려 너무 많은 폐를 끼쳤다고 걱정을 했다. 또 제인이 다시 감기에 걸렸을 게 틀림없다고 호들갑을 떨었다.

하지만 아버지는 진심으로 반겼다. 말로는 그다지 기쁨을 표현하지 않았지만 두 사람이 돌아온 것을 아주 기뻐했다. 그는 두 딸들이 집안에서 얼마나 중요한 존재인지를 새삼 절실히 깨달았다. 밤에 전 가족이 모여 이야기를 나누어도 제인과 엘리자베스가 없으니 생기가 느껴지지 않아 아무런 의미도 찾을 수 없었기 때문이었다.

콜린스의 방문

어느 날 아침 식사를 하면서 베넷 씨가 말했다.

"여보, 오늘 오후에 손님이 찾아올 테니 음식 좀 준비해. 내 재산을 상속받게 될 친척 콜린스야. 얼마 전에 이곳을 방문하겠다는 편지를 보내왔더군."

"아이고! 그 사람이 왜 온다는 거예요? 우리가 그 사람을 환영할 입장이 아니라는 걸 잘 알 텐데."

베넷 부인은 날카로운 목소리로 말했다.

베넷 씨에게는 1년에 겨우 2,000파운드 정도의 수입이 나오는 영지가 있었다. 그 영지는 남자에게만 상속할 수 있기 때문에 아들이 없는 베넷 씨는 먼 친척인 콜린스 씨에게 그것을 주기로 약속한 상태였다.

베넷 부인의 재산은 메리턴에서 변호사로 일했던 친정아버지에게 물려받은 4,000파운드가 전부였다. 그녀는 콜린스에게 주어야 하는 상속을 생각할 때마다 화가 치밀었다. 그렇게 할 수밖에 없는 '한정 상속'이라는 것에 대해 제인과 엘리자베스가 여러 번 설명했지만 소용이 없었다. 베넷 부인은 막무가내였다.

"딸이 다섯인데 이렇게 억울한 일이 어디 있담! 잘 알지도 못하는 엉뚱한 남자에게 땅을 빼앗기다니!"

베넷 부인은 상속 이야기만 나오면 너무 화가 나서 남편에게 신경질을 부리곤 했다. 상속자로 정해진 콜린스 씨가 온다는 사실은 베넷 부인의 기분을 엉망으로 만들었다.

베넷 씨는 콜린스 씨가 보내온 편지를 내밀었다. 편지에는 콜린스 씨가 루이스 드 버그 경의 미망인인 캐서린 드 버그 영부인의 도움으로 목사직을 추천받았다는 내용과 함께 자신이 베넷 씨의 딸들 대신 상속자로 정해진 것에 대해 어떤 식으로든 보상을 하고 싶다고 적혀 있었다.

편지를 읽고 난 베넷 부인은 기분이 조금 누그러졌다.

"보상할 마음이 있다는 걸 보니 아주 몹쓸 사람은 아닌 것 같네요. 어떤 방법으로 보상을 할지는 모르겠지만 말이에요."

베넷 부인은 화가 좀 풀려서 손님맞이 준비를 했다.

콜린스 씨는 자신이 약속한 시간에 정확히 도착했다. 스물다섯 살인 콜린스 씨는 키가 크고 인상이 근엄했다.

또한 지나치게 격식을 차려서 고지식하고 딱딱한 사람처럼 보였다. 그는 자리에 앉자마자 베넷 부인에게 최대한 예를 갖추어 정중하게 말했다.

"댁의 따님들이 모두 미인이라는 소문은 이미 들었습니다. 이렇게 직접 만나 보니 생각보다 훨씬 더 아름답군요. 저도 이제 목사 추천을 받았으니 적당한 시기가 되면 결혼을 할 생각입니다. 따님들 같은 미인을 만났으면 좋겠군요."

"정말 고마운 말씀이네요. 저도 그렇게 되었으면 좋겠어요."

베넷 부인은 그와 딸들 중 하나를 결혼시키면 어떨까 생각하자 즐거워졌다. 그렇게만 된다면 콜린스가 베넷 씨의 영지를 상속받아도 큰 문제가 없을 것 같았다.

콜린스 씨는 저녁 식사 시간 내내 장황한 말솜씨를 늘어놓았다. 음식 솜씨를 칭찬하는 것을 시작으로, 자신이 사람들 앞에서 설교했던 이야기까지 끝없이 늘어놓았다.

베넷 부인은 그의 말에 장단을 맞춰 주었지만 나머지 식구들은 별말 없이 묵묵히 식사만 했다.

엘리자베스는 콜린스 씨가 첫인상 그대로 멋없고 깐깐한 사람이라고 생각하면서 그를 외면했다.

식사 후에 그가 자매들에게 포다이스의 설교집『젊은 여성을 위한 설교』를 읽어 줄 때 리디아가 하품을 하면서 딴청을 부렸다. 그러자 콜린스는 기분이 상해 책을 덮어 버렸다.

베넷 부인은 콜린스가 마음에 쏙 들었다.

'제인은 빙리 씨와 결혼하고, 다른 아이들 중 하나가 콜린스 씨와 결혼하면 한꺼번에 둘을 결혼시킬 수 있겠어.'

베넷 부인은 혼자 그런 생각을 하면서 즐거워했다.

하지만 나머지 식구들은 그가 쓸데없이 장황하게 늘어놓는 이야기와 고지식한 태도에 싫증이 났을 뿐이었다.

이튿날, 엘리자베스와 키티와 리디아는 이모가 사는 메리턴으로 가기 위해 집을 나섰다.

베넷 씨는 콜린스 씨를 자신의 서재에서 쫓아내고 싶어서 딸들과 같이 가라고 제안했다. 그러자 콜린스 씨는 대단히 만족하며 따라나섰다. 자매들은 별것도 아닌 것을 크게 떠벌리는 콜린스의 수다를 예의상 참으면서 가야 했다.

드디어 메리턴에 도착했다. 길 건너편에 장교 두 사람이 걸어가는 모습이 보였다.

“저기 데니 씨가 있네! 런던에서 언제 돌아왔지? 같이 가는 사람은 누굴까? 정말 멋진 사람이잖아. 누군지 직접 가서 물어봐야겠다.”

리디아는 눈빛이 초롱초롱해져서 달려갔고, 키티도 따라갔다. 데니 씨 옆에 있는 장교는 나무랄 데 없이 잘생긴 얼굴에다 풍채도 당당했다. 누가 보아도 호감을 가질 만한 인상이었다.

“오, 리디아! 여기서 만나다니 정말 반가워요. 참, 이쪽은 제 친구 위컴이에요.”

데니 씨는 환하게 웃으면서 자매들에게 위컴이라는 친구를 소개했다. 위컴 씨는 정중하고 친절하게 인사했다. 그들은 길가에 서서 한참 동안 즐겁게 이야기를 나누었다.

바로 그때 말발굽 소리가 들려와 그들의 시선을 끌었다. 빙리 씨와 다아시 씨가 말을 타고 길을 내려오고 있었다. 두 사람은 거기 모인 자매들을 알아보고 말을 멈추었다.

“저는 이 친구와 함께 제인 양에게 병문안을 가는 길입니다. 제인 양은 지금 집에 있죠?”

“네, 언니는 집에 있어요.”

엘리자베스는 대답을 하면서 고개를 돌리다가 우연히 다아시 씨를 보게 되었다. 그런데 다아시 씨와 위컴 씨가 서로 시선이

마주치자, 두 사람의 안색이 눈에 확 띄게 달라졌다. 다아시 씨는 얼굴이 벌겋게 상기되었고 위컴 씨는 하얗게 질렸다.

엘리자베스는 다아시 씨와 위컴 씨의 모습을 보고 무척 놀랐다. 마침 아무것도 눈치를 못 챈 빙리 씨가 다아시 씨를 재촉하면서 인사를 하고 떠나갔다.

엘리자베스는 이모 댁에서 다시 집으로 돌아올 때까지도 위컴 씨와 다아시 씨의 어색한 장면이 자꾸 마음에 걸렸다.

엘리자베스한테 그 이야기를 들은 제인은 고개를 갸우뚱했다.

"두 사람이 그렇게 이상해 보였어? 둘 중 한 사람이나 혹은 두 사람 다 그럴 만한 이유가 있었겠지. 하지만 그 이유를 우린 알 수가 없잖아."

이모와 이모부가 장교들과 함께하는 파티에 베넷 집안의 딸들을 초대했다. 콜린스 씨까지 초대하는 바람에 또다시 자매들은 콜린스 씨와 함께 메리턴으로 가야 했다.

장교들 중에는 위컴 씨도 끼어 있었다. 엘리자베스는 위컴 씨가 들어오는 모습을 보면서 참 멋있는 사람이라고 생각했다. 거의 모든 여성들이 위컴 씨한테 호감을 가지고 쳐다보았다. 그에 비해 콜린스 씨는 여성들의 관심을 전혀 끌지 못한 채 한쪽 구석에 쓸쓸히 앉아 있어야 했다.

"콜린스 씨, 이것 좀 드실래요?"

친절한 이모가 콜린스 씨 옆으로 가서 말을 걸어 주었기 때문에 그나마 커피와 머핀을 마음껏 먹을 수 있었다.

이윽고 남자들은 카드놀이를 시작했다. 그때 카드에 흥미를 느끼지 못한 위컴 씨가 조용히 다가와 엘리자베스와 리디아 사이에 앉았다.

처음에는 리디아가 이야기를 독점할 것 같았지만 리디아는 곧 제비뽑기놀이에 빠져 버렸다.

그래서 위컴 씨는 엘리자베스와 대화를 나누게 되었다. 엘리자베스는 가장 궁금한 이야기를 묻고 싶었지만 조심스러워서 입에 담지 않았다. 그런데 뜻밖에도 위컴 씨 쪽에서 먼저 그 이야기를 꺼냈다.

"엘리자베스 양은 혹시 다아시 씨랑 잘 아는 사이인가요?"

"필요한 만큼만 아는 사이예요. 그 사람하고 한집에서 며칠 같이 지낸 적이 있으니까요. 하지만 그 사람은 너무 오만해서 우리 같은 사람과는 친해지려고 하지도 않는걸요."

엘리자베스가 흥분해서 불쾌한 듯이 말했다.

그러자 위컴 씨는 긴장이 풀린 듯 이야기를 시작했다.

"사실 다아시 씨랑 저는 별로 좋은 사이는 아닙니다. 제 아버지가 다아시 씨 아버지의 펨벌리 재산을 관리하셨죠. 아버지는 두터운 신임을 얻으셨고, 그 덕분에 다아시 씨의 아버지는 저를 무척이나 아껴 주셨어요. 그분은 제 대부셨고 저를 끔찍이 사랑해 주셨습니다. 어쩌면 아들인 다아시 씨보다 더 예뻐하셨을 겁니다. 그게 아마 다아시 씨의 질투심을 불러일으킨 모양입니다. 다아시 씨의 아버지는 돌아가시기 직전에 저를 위해서 목사 자리를 마련해 주겠다는 유언을 하셨어요. 그런데 목사 자리가 나자 다아시 씨가 나서서 엉뚱한 사람이 그 자리를 차지하도록 했답니다. 그는 자기 아버지의 유언이 사실이 아니라고 하더군요. 그래서 저는 원하지도 않던 군인의 길로 들어서게 됐지요."

"어떻게 그럴 수가! 아무리 질투심에 눈이 멀어도 그렇지요. 다아시 씨를 좋게 생각하지는 않았지만 그 정도로 나쁜 사람인 줄은 몰랐어요."

엘리자베스는 몹시 가엾다는 듯이 위컴 씨를 바라보았다.

"다아시 씨는 본래 그런 사람이에요. 거기다 여동생에게는 오빠로서의 자부심도 대단하지요."

"다아시 씨의 여동생은 어떤 사람인가요?"

"다아시 집안의 사람을 나쁘게 이야기하는 게 저로서는 고통스럽군요. 하지만 그 아가씨도 오빠하고 너무나 비슷하답니다.

아주 오만하지요."

엘리자베스는 위컴 씨의 말을 진지하게 들으면서 문득 궁금해졌다. 어떻게 빙리 씨 같은 훌륭한 신사와 다아시 씨 같은 나쁜 사람이 친구가 되었는지 의아했다.

집으로 돌아오는 동안에도 그녀는 줄곧 위컴 씨가 들려준 이야기만 생각했다. 콜린스 씨가 리디아와 파티에 대해 쉴 새 없이 떠들어 대는 바람에 그녀는 입을 열지 않아도 괜찮았다. 오직 혼자만의 생각에 푹 빠져들었다.

네더필드에서 열린 파티

다음 날 아침에 엘리자베스는 위컴 씨와 다아시 씨에 관한 이야기를 제인에게 들려주었다. 제인은 깜짝 놀라는 한편 걱정스럽게 이야기를 끝까지 들었다. 하지만 그녀는 함부로 사람을 판단하지 않으려고 했다.

"우리가 모르는 속사정이 두 사람한테 있을 거야. 아마 어떤 사람들이 자기들의 이해관계 때문에 두 사람을 갈라놓았을지도 몰라. 내가 보기에 다아시 씨는 그렇게 나쁜 사람일 리가 없어. 돌아가신 아버지가 특별히 아낀 사람을 그렇게 잔인하게 대할 것 같지는 않아."

"내 생각은 달라. 오히려 빙리 씨가 속고 있다고 믿는 게 맞을 거야. 난 위컴 씨가 들려준 이야기를 믿어. 위컴 씨처럼 진실하고 훌륭해 보이는 사람이 꾸며 낼 리가 없잖아."

엘리자베스와 제인은 한참 동안 더 대화를 나누었지만 서로 생각이 다르다는 것만 확인했다. 그러나 빙리 씨가 진짜로 속아 왔다면 진실을 알게 되었을 때 몹시 괴로우리라는 것에는 둘 다 생각이 같았다.

두 자매가 숲속에서 빙리 씨를 걱정하는 대화를 나누고 있을 때였다. 마침 빙리 씨와 빙리 양이 두 자매를 찾아왔다. 그들은 다음 화요일에 네더필드에서 열리는 무도회에 두 사람을 초대하고 싶어서 직접 찾아왔던 것이다.

무도회에 초대받은 날부터 무도회가 열리는 날까지 비가 계속해서 내렸다. 그 바람에 딱하게도 메리턴까지 단 하루도 산책을 나갈 수 없었다. 하지만 다들 무도회를 떠올리며 그럭저럭 참을 수 있었다.

엘리자베스는 무도회를 특히 더 기다렸다. 무도회에서 위컴 씨를 대하는 다아시 씨의 행동을 살펴보면 두 사람의 관계를 더욱 확실히 알 수 있을 거라고 생각했기 때문이다.

드디어 화요일이 되었다. 엘리자베스는 무도회에 도착하자마자 위컴 씨를 찾았지만 그는 보이지 않았다.

다른 장교들이 모두 와 있는 걸 보면 혼자만 파티에 초대받지 못한 게 틀림없었다. 그녀는 그것이 다아시 씨 때문이라고 확신했다.

"어째서 위컴 씨는 오지 않은 거예요?"

리디아가 무척 실망해서 그의 친구인 데니한테 물어보았다.

"위컴 군은 급한 일이 생겨서 어제 런던으로 떠났답니다. 아직 돌아오지 않았군요."

데니 씨는 의미심장한 미소를 지으며 말을 덧붙였다.

"어쩌면 여기서 만날지도 모르는 어떤 신사를 피하고 싶었는지도 모르죠. 하필 지금 볼일이 생기다니……."

리디아는 이 말을 듣지 못했지만 엘리자베스는 놓치지 않았다. 그리고 어쨌든 위컴이 오지 않은 이유는 다아시 씨 때문이라는 게 분명했기 때문에 다아시 씨에 대한 불쾌함이 더욱 커졌다.

아무것도 모르는 다아시 씨는 공손히 다가와 엘리자베스에게 인사를 했지만 그녀는 언짢은 표정으로 돌아섰다.

그때 기다렸다는 듯이 콜린스 씨가 옆으로 다가와 그녀에게 춤을 청했다. 그녀는 마지못해 그의 손을 잡고 앞으로 나갔다.

콜린스 씨는 춤을 출 때조차도 근엄하게 굴었다. 실수를 해도 깨닫지 못했다. 그는 두 번이나 엘리자베스의 발을 밟았다. 엘리자베스는 창피하고 암담한 기분에 얼굴이 벌겋게 달아올랐다. 다행히도 다른 장교가 그녀에게 춤을 청하는 바람에 겨우 콜린스 씨에게서 벗어날 수 있었다.

그런데 뜻밖의 일이 생겼다. 다아시 씨가 다가와 엘리자베스한테 춤을 청한 것이었다. 그녀는 엉겁결에 승낙을 하고 말았다. 그러고는 스스로에게 화가 나서 어쩔 줄 몰랐다.

"다아시 씨도 알고 보면 괜찮은 분일 거야!"

샬럿이 위로하듯 말했다.

"만약 그렇다면 불운 중에서도 최악의 불운이 되겠네! 미워하기로 마음먹은 사람이 알고 보니 괜찮은 사람이라니!"

다시 춤이 시작되고 다아시 씨가 그녀와 춤을 추기 위해 다가왔다. 샬럿은 바보같이 굴지 말라고 충고 삼아 속삭였다.

엘리자베스는 아무 말도 하지 않고 다아시 씨와 춤을 추었다. 다아시 씨는 뭔가 생각에 잠긴 표정으로 엘리자베스를 조용히 내려다보곤 했다.

그러다 춤이 거의 끝나 갈 무렵에야 조심스럽게 물었다.

"자매들끼리 메리턴에 자주 산책을 가시나요?"

엘리자베스는 그렇다고 대답하면서 속마음을 말하고 싶은 유혹을 이기지 못했다.

"지난번에 메리턴 거리에서 잠깐 뵈었잖아요. 그때 저희는 마침 어떤 분을 소개받고 있었어요."

그 말을 들은 다아시 씨의 표정은 평소보다 더 딱딱해졌다. 그는 한참 말이 없다가 거북한 듯 입을 열었다.

"위컴 군은 타고난 인상이 워낙 좋아서 친구를 잘 사귀기는 합니다만, 우정을 잘 유지할지는 확실하지 않지요."

"불행하게도 당신과 우정을 잃은 건 사실이지요. 그분은 일생을 두고 괴로워할 거예요."

하지만 다아시 씨는 아무런 대꾸도 하지 않았다. 그는 위컴 씨에 관한 이야기라면 더 이상 듣고 싶지 않다는 듯 고개를 돌렸다.

그때 윌리엄 루카스 경이 옆으로 지나가면서 두 사람이 무척 잘 어울리는 한 쌍이라면서 춤도 멋지다고 칭찬했다.

루카스 경이 간 뒤에 두 사람은 잠시 동안 침묵했다. 그러다 엘리자베스가 다시 말을 꺼냈다.

"다아시 씨, 언젠가 이런 이야기를 하셨던 것 같아요. 용서를 잘 못하는 성격이라고. 한 번 잘못한 사람은 절대로 용서하지 않는다고요. 그렇다면 화를 낼 때는 아주 신중하게 내시는 거겠

지요?”

“물론입니다.”

다아시 씨는 단호하게 대답했다.

“편견에 눈이 어두워지지 않도록 조심하시는 편이고요?”

엘리자베스는 위컴 씨를 떠올리면서 계속 말을 이었다.

“그러기를 바랍니다.”

“자신의 의견을 절대 바꾸지 않는 사람들은 처음에 판단을 잘 해야 할 특별한 의무가 있다고 봐요.”

“이런 질문을 왜 하시는지 알고 싶습니다만.”

다아시 씨가 엘리자베스를 유심히 바라보며 물었다.

“그냥 다아시 씨의 성격이 궁금해서 물어본 거예요.”

엘리자베스와 다아시 씨는 말없이 춤을 마저 추고 헤어졌다. 두 사람 모두 기분이 좋지 않았지만 다아시 씨는 엘리자베스에게 상당한 호감을 품은 상태라서 금방 기분을 털어 버렸다.

하지만 엘리자베스는 오히려 시간이 지날수록 더 화가 치밀어 올랐다.

엘리자베스는 위컴 씨가 했던 말이 모두 사실이라고 믿게 되었다. 반대로 다아시 씨에 대한 실망은 더욱 커졌다.

제인은 빙리 씨와 훨씬 더 가까워진 것처럼 보였다. 두 사람은 줄곧 함께 춤을 추면서 다정하게 대화를 나누었다. 엘리자베스는 제인의 행복한 모습을 보자 기분이 훨씬 나아졌다.

그녀가 샬럿과 대화를 나누고 있을 때 콜린스 씨가 잔뜩 흥분해서 달려왔다.

"오, 세상에! 이런 신기한 일이 다 있다니! 저기 있는 다아시 씨라는 분이 글쎄 제 후견인이신 캐서린 영부인의 가까운 친척이라는군요. 제가 가장 존경하는 캐서린 영부인을 생각해서라도 빨리 저분께 인사를 드려야겠어요."

콜린스 씨는 대단히 흥분해서 떠들어 댔다.

그러자 엘리자베스는 제발 그러지 말라고 한사코 말렸다.

"다아시 씨는 누구의 소개도 받지 않고 그렇게 직접 인사를 하러 가면 오히려 무례하게 여길 거예요. 서로 인사를 꼭 나누어야 한다면 신분이 높은 다아시 씨가 먼저 아는 척을 하는 것이 당연한 순서고요. 그러니 인사는 그만두세요."

엘리자베스가 아무리 말려도 콜린스 씨는 자신의 의지를 꺾지 않았다. 기어이 다아시 씨한테 인사를 하러 갔다.

콜린스 씨를 본 다아시 씨는 공손하지만 냉랭한 태도로 응대하는 모습이었다.

엘리자베스는 이제 언니와 빙리 씨를 관찰하는 데 거의 모든 관심을 쏟았고, 진심으로 즐거워 보이는 언니를 보며 멋진 상상도 했다. 빙리 씨와 진실한 애정으로 맺어진 결혼 생활에 대한 행복한 모습들이었다.

어머니도 비슷한 생각을 하고 있었다. 하지만 그 생각을 사람들 앞에서 큰 소리로 마구 떠들어 대는 게 큰 문제였다. 어머니는 루카스 부인에게 제인이 곧 빙리 씨와 결혼할 것이라고 말했다. 게다가 신이 난 베넷 부인은 곁에서 엘리자베스가 안절부절못하고 있는 것도, 다아시 씨가 은근히 귀를 기울이는 것도 아랑곳하지 않았다.

"빙리 씨같이 자상하고 부자인 젊은이랑 우리 큰딸이 결혼하게 되면 얼마나 좋은 점이 많은 줄 알아요? 그 결혼으로 동생들의 장래까지 밝아질 거예요. 제인이 그렇게 훌륭한 집안으로 시집을 가면 동생들도 다른 돈 많은 집안의 청년들을 만날 기회가 많아질 테니까요."

엘리자베스는 당황해서 어머니에게 다가가 작게 말하라고 부탁을 했다.

"엄마, 제발 소리 좀 낮춰 말씀하세요. 다아시 씨가 다 듣고 있다고요. 다아시 씨가 기분 상해서 무슨 이득이 있겠어요? 저분은 빙리 씨와 절친한 사이인데요."

"우리가 뭘 잘못했다고! 다아시 씨랑 무슨 상관이란 말이냐? 내가 그 사람의 눈치를 볼 일은 없어."

베넷 부인은 여전히 큰 소리로 떠들어 댔다.

다아시 씨는 그런 베넷 부인을 보면서 분개와 경멸에 찬 심각한 표정을 지었다.

엘리자베스는 남은 시간에도 전혀 즐겁지가 않았다. 콜린스 씨가 끈질기게 따라다니면서 그녀를 괴롭혔기 때문이었다. 다른 사람들과 춤을 출 기회도 거의 없었다.

그나마 그녀가 잠깐씩이라도 콜린스 씨로부터 벗어날 수 있었던 것은 샬럿 덕분이었다. 샬럿은 두 사람 사이를 살피다가 종종 끼어들어 콜린스 씨를 마음 좋게 상대해 주었다.

무도회가 끝날 무렵, 베넷 부인은 아주 흡족한 표정으로 빙리 씨의 가족들에게 인사를 했다.

"곧 롱본에서 여러분을 다시 만나 뵙고 싶군요. 나중에 저희가 초대를 하면 꼭 와주세요."

베넷 부인은 최대한 예의를 갖추어 정중하게 말했지만 허스트 부인과 빙리 양은 건성으로 고개를 끄덕일 뿐이었다. 다만 빙리 씨는 아주 기뻐하며 감사 인사까지 했다.

집으로 돌아오는 동안 베넷 부인은 몹시 만족해하며 제인의 결혼 준비를 서둘러야 할지도 모르겠다고 호들갑을 떨었다.

또한 그녀는 속으로 엘리자베스를 어떻게든 콜린스 씨와 결혼시켜야겠다고 마음먹었다. 베넷 씨와 달리 그녀의 눈에는 다섯 딸 중에 엘리자베스가 가장 덜 예쁜 자식이었다. 그래서 콜린스 씨만 한 신랑감이면 괜찮다고 여겼다.

콜린스 씨의 청혼

롱본에서는 새로운 상황이 전개되었다. 아침 식사 후에 콜린스 씨가 베넷 부인에게 이렇게 말했다.

"제가 오늘 오전 아리따운 따님 엘리자베스 양과 단둘이 이야기를 좀 하고 싶습니다. 허락해 주시겠습니까?"

"아, 그럼요! 얼마든지 그렇게 하세요. 엘리자베스도 좋아할 거예요."

베넷 부인은 기다렸다는 듯이 기뻐하면서 다른 자매들을 데리고 2층으로 올라갔다. 그녀는 바라던 대로 일이 되어 간다고 확신했다. 엘리자베스는 어떻게든 그 자리를 피하고 싶었지만 어머니 때문에 어쩔 수 없이 자리에 앉아 있었다.

둘만 남게 되자 콜린스 씨가 말을 꺼냈다.

"엘리자베스 양, 저는 댁에 들어서자마자 당신을 미래의 제 동반자로 선택했습니다. 제가 결혼을 하려는 첫 번째 이유는 목사라면 우선 안정된 결혼 생활로 다른 사람들에게 모범을 보일 의무가 있기 때문입니다. 또 제 후견인이신 캐서린 영부인께서도 목사직을 충실히 해내려면 좋은 아가씨를 만나 결혼해야 한다고 말씀하셨어요. 당신처럼 재치 있고 명랑한 아가씨라면 캐서린 부인도 틀림없이 마음에 드실 겁니다. 그러니 저와 결혼해 주십시오. 솔직히 말하면 제 주변에서도 괜찮은 아가씨들은 얼마든지 찾을 수 있습니다. 하지만 저는 당신 아버님의 영지를 상속받게 된 사람으로서 어떻게든 따님들의 손해에 대해 보상해야 한다고 생각했습니다. 저는 이제 제 애정을 당신께 생생하게 확인시켜 드리는 일만 남았군요. 당신이 저의 청혼을 받아 주신다면 모든 문제는 한꺼번에 해결될 것입니다."

엘리자베스는 청혼을 받는 순간이 조금도 기쁘지 않았다. 어서 거절의 뜻을 확실히 전하고 콜린스 씨의 마음을 돌려야겠다는 생각뿐이었다.

"너무 성급하십니다, 콜린스 씨. 제 생각이 궁금하실 테니 지금 바로 말씀드리죠. 제게 호의를 보여 주신 것은 정말 감사하지만 전 당신과 결혼할 생각이 없어요. 당신의 청혼을 거절한다는 뜻이에요."

그 말에 콜린스 씨는 손을 흔들면서 태연하게 말했다.

"저는 이미 알고 있습니다. 젊은 아가씨들이 청혼을 받으면 속으로는 좋아하면서도 겉으로는 거절하는 일이 흔하다는 것을 들었어요. 그러니 당신이 한 말씀 때문에 용기를 잃지는 않아요. 머지않아 우리는 반드시 성스러운 결혼식을 올리게 될 테니까요. 지금 당신이 거절해도 희망을 품고 기다릴 것입니다."

엘리자베스는 기가 막혀서 콜린스 씨를 뚫어져라 쳐다보며 대꾸했다.

"정말 뜻밖이군요. 제 말씀을 들으시고도 계속 희망을 가지신다니! 저는 정말 진지하게 거절하는 거예요. 당신과 결혼하면 제가 행복할 수 없다는 사실을 아니까요. 그건 콜린스 씨도 마찬가지랍니다. 저는 콜린스 씨가 아주 행복하고 부자로 잘살게 되시기를 진심으로 바래요. 그걸 위해 제가 할 수 있는 일이라고는 이 청혼을 거절해 드리는 거예요."

"무슨 말씀을 하셔도 당신은 매력적입니다. 당신의 훌륭한 부모님이 명백한 부모의 권위로 제 청혼을 허락해 주신다면 우리는 결혼하게 될 것입니다."

콜린스 씨가 고집을 부리며 자기주장만 하자, 엘리자베스는 더 이상 대화를 나누지 않으려고 자리를 피했다.

콜린스 씨가 자신의 분명한 거절을 받아들이지 않고 제멋대로 행동한다면 아버지에게 도움을 청할 생각이었다. 아버지가 단호하게 거절한다면 콜린스 씨도 결국 포기하게 될 것이라고 생각했다.

엘리자베스가 나가자마자 베넷 부인이 기대에 부푼 얼굴로 들어왔다. 콜린스 씨가 조금 전에 엘리자베스와 나눈 대화를 들려주자 베넷 부인은 깜짝 놀랐다.

"콜린스 씨, 엘리자베스가 뭔가 잘못 생각해서 그랬을 거예요. 그 애는 아주 고집이 세고 어리석어서 자기 이익이 뭔지도 모른다고요. 그렇지만 내가 가르쳐 주고야 말겠어요."

"엘리자베스 양이 정말 고집이 세고 어리석은 아가씨라면 제 아내로 바람직한지 모르겠군요. 성격에 문제가 있는 사람이라면 제 행복에 도움이 되지는 않을 테니까요."

콜린스 씨가 고개를 갸우뚱하며 말하자 베넷 부인은 놀라서 얼른 둘러 댔다.

"콜린스 씨, 그건 정말 오해랍니다. 엘리자베스는 이런 일에만 고집이 센 거예요. 다른 일은 아주 부드러운 아이지요. 당장 남편한테 말해서 이 문제를 매듭짓도록 할게요."

베넷 부인은 남편의 서재로 다급하게 달려갔다. 하지만 베넷 씨는 본인의 뜻이 가장 중요하다고 단호하게 말했다. 그러고는 엘리자베스를 불러들였다.

"엘리자베스, 네가 콜린스 씨의 청혼을 거절한 게 사실이냐?"

"예, 아버지."

"그럼 이제 진짜 중요한 이야기를 할 테니 잘 들으렴. 네 어머니는 콜린스 씨랑 결혼하지 않으면 너를 다시는 안 볼 것이라고 한다. 하지만 네가 그 사람하고 결혼한다면 내가 다시는 너를 보지 않겠다."

아버지의 말을 들으며 엘리자베스는 미소를 짓지 않을 수가 없었다. 역시 아버지는 엘리자베스의 마음을 잘 이해하고 정말로 사랑해 준다는 느낌이 들었다.

베넷 부인은 남편한테 무척 실망하면서도 여전히 엘리자베스를 설득하고 윽박질렀다. 어떻게 해서든 콜린스 씨랑 결혼시킬 작정이었지만 엘리자베스는 끄떡도 하지 않았다.

한편 콜린스 씨는 자신을 아주 훌륭한 사람이라고 스스로 여겼기 때문에 엘리자베스가 거절한 것을 이해할 수가 없었다. 자존심이 좀 상하긴 해도 그다지 고통스럽지는 않았다.

콜린스 씨의 청혼을 엘리자베스가 거절한 일로 온 가족이 혼란에 빠져 있을 때 샬럿이 놀러 왔다. 베넷 부인은 그녀를 보자마자 엘리자베스를 잘 설득해 달라고 부탁했다.

그때 마침 콜린스 씨가 들어왔다. 그는 샬럿에게 공손하게 인사를 하며 가족의 안부를 물었다. 그러고는 베넷 부인에게 청혼은 없었던 일로 하자고 말했다. 베넷 부인도 이제 더 이상은 어쩔 도리가 없었다.

한편 제인에게 편지 한 통이 오면서 상황은 더욱 나쁘게 흘러가고 말았다. 편지는 네더필드의 빙리 양이 보낸 것이었다.

제인은 편지를 읽고 나서 심상치 않은 표정으로 엘리자베스를 불렀다. 그리고 편지를 보여 주었다.

방금 오빠를 따라 런던으로 가기로 결심했습니다. 내 생각에는 오빠가 그곳에 꽤 오랫동안 머무를 것 같아요. 우리가 없더라도 모두들 크리스마스를 즐겁게 보냈으면 좋겠군요.

다아시 씨도 자기 여동생 조지애나를 무척 보고 싶어 하기 때문에 다 같이 떠날 거예요.

조지애나는 정말이지 미모와 우아함, 재능이 넘치는 아가씨예요. 오빠는 이미 조지애나를 숭배하고 있답니다. 우리는 조지애나가 우리의 올케가 되었으면 하는 희망을 늘 품었어요.

두 집안의 행복을 위해서도 오빠와 조지애나가 결혼하기를 바란답니다.

“엘리자베스, 빙리 양은 자기 오빠가 나한테 관심이 하나도 없다고 확신하는 거야. 혹시라도 내가 빙리 씨를 좋아한다면 어서 포기하라고 말해 주는 것 아니겠어? 아주 친절하게도!”

제인의 말을 들은 엘리자베스는 아니라는 듯이 고개를 힘차게 저었다.

“내 의견은 완전히 달라. 빙리 양은 자기 오빠가 언니를 사랑한다고 생각하는 거야. 하지만 자신은 오빠가 다아시 양과 결혼하기를 바라는 거지. 그래서 런던으로 뒤따라가서 자기 오빠의 마음을 돌리려는 게 분명해.”

이번에는 제인이 머리를 절레절레 흔들었다.

“엘리자베스, 네 말대로 빙리 씨가 나를 사랑한다고 치자. 하지만 그의 누이들과 친구들이 모두 그이가 다른 사람과 결혼하기를 바라고 있어. 과연 내가 그 사람과 결혼해서 행복할 수 있을까?”

“언니가 알아서 결정해야지. 두 누이의 뜻을 거역함으로써 겪

어야 되는 불행이 그분의 아내가 됨으로써 얻게 될 행복보다 훨씬 크다고 판단되면, 난 당연히 거부하라고 말하겠어."

"그야 그들이 반대하는 건 무척 슬프지만, 그렇다고 그것 때문에 내가 결혼을 망설일 여지는 없잖아."

제인은 희미한 미소를 지으며 대답했다.

빙리 씨가 돌아오지 않을 것이라는 염려는 하지 말라고 엘리자베스는 계속 주장했다. 그러자 제인도 조금은 희망을 되찾게 되었다.

두 사람은 당분간 어머니에게 그 이야기를 자세히 하지 않기로 하고 편지를 접어 두었다.

한편 콜린스 씨가 엘리자베스에게 보였던 관심은 이제 샬럿에게로 옮겨 갔다. 그가 말을 걸면 다른 사람들과 달리 샬럿은 예의 바르게 귀를 기울여 주었다. 샬럿 덕분에 엘리자베스는 난처한 상황을 피하게 되었다.

"샬럿, 정말 너무 고맙다!"

"너한테 도움이 된다면 정말 다행이야!"

샬럿은 사실 아무도 모르는 목적이 있었다. 바로 콜린스 씨가 자신에게 청혼하게 만드는 것이었다. 샬럿은 콜린스 씨가 자신에게 훌륭한 신랑감이라고 생각했다.

그러는 동안 콜린스 씨는 샬럿에게 점점 더 호감을 느끼게 되었다. 그래서 콜린스 씨는 아무도 몰래 살짝 집을 빠져나가 샬럿을 만나러 루카스 경의 집으로 갔다. 그는 샬럿에게 온통 마음을 빼앗긴 상태였다.

"샬럿 양, 저의 목사직과 진실된 마음을 걸고 당신에게 사랑을 맹세합니다. 저는 이제야 진정한 결혼 상대를 찾았습니다. 부디 저의 청혼을 받아 주십시오."

콜린스 씨는 집 앞에서 샬럿을 보자마자 뜨거운 눈빛으로 말했다.

샬럿은 조금도 망설이지 않고 그 자리에서 바로 청혼을 받아들였다. 샬럿은 하루라도 빨리 결혼해서 안정을 찾는 것이 가장 큰 목표였다. 특별히 물려받은 재산도 없고, 교육을 많이 받지도 못한 데다 그다지 아름답지도 않은 자신의 상황을 정확히 인식했다. 샬럿에게는 콜린스 씨 정도면 더없이 만족스러운 상대였다.

두 사람은 곧바로 집 안으로 들어가 샬럿의 부모에게 결혼하겠다는 뜻을 전했다. 루카스 경 내외는 무척 만족스럽게 받아들였다. 그들의 눈에도 콜린스 씨 정도면 장차 부자가 될 가능성이 있는 훌륭한 남편감으로 보였다.

그 다음 날, 콜린스 씨는 베넷 씨 가족한테 작별 인사를 했다.

"곧 다시 찾아뵙겠습니다."

콜린스 씨의 말에 다들 하나같이 놀랐다. 그가 금방 다시 올 생각을 한다니 의아했던 것이다. 오직 베넷 부인 한 사람만 그 말에 반가워했다.

베넷 부인은 콜린스 씨가 아마도 다른 딸들 중 하나를 고를 작정인가 보다고 혼자 즐거운 기대를 했다.

그러나 베넷 부인의 희망은 다음 날 아침에 무너지고 말았다. 샬럿이 찾아와서 엘리자베스한테 콜린스 씨의 청혼을 받은 사실을 털어놓았기 때문이었다.

엘리자베스는 샬럿의 선택에 몹시 놀라고 실망했지만 곧 친구의 약혼을 축복해 주었다.

샬럿의 부탁을 받고 샬럿의 아버지인 윌리엄 경이 베넷 집안에 딸의 약혼 사실을 알리러 찾아왔다.

엘리자베스는 이미 아는 사실이라 놀라지 않았지만 다른 가족들은 경악을 금치 못했다. 엘리자베스한테 거절당하자마자 금방 샬럿과 결혼하기로 한 콜린스 씨의 결정을 믿을 수가 없었던 것이다.

베넷 부인은 엄청난 충격을 받아서 윌리엄 경이 떠날 때까지 아무 말도 못했다. 그러나 그가 떠나자마자 감정이 폭발하고 말았다.

“기가 막혀서! 콜린스 씨가 샬럿의 계략에 넘어간 게 틀림없어. 그러지 않고서야 어떻게 금방 결혼을 한다고 할 수 있어? 아니, 그럼 샬럿이 나중에 우리 집 재산을 몽땅 차지하게 된다는 거잖아! 오, 맙소사! 이 결혼은 도저히 행복할 수 없어!”

베넷 부인은 몹시 흥분한 상태에서 엘리자베스를 보자 더욱 화가 치밀었다.

“이 모든 일이 다 너 때문이야! 엘리자베스, 네가 청혼을 거절하는 바람에 이런 불행한 일이 생긴 거라고. 이 집안은 남편부터 딸들까지 다 내 신경을 갈기갈기 찢어 놓기만 하는구나!”

베넷 부인은 그 뒤로 일주일 내내 엘리자베스를 볼 때마다 소리를 지르며 야단을 쳤다. 샬럿을 용서하기까지는 몇 달 더 걸렸다.

제인의 슬픔

시간이 지날수록 엘리자베스는 불쑥불쑥 분노가 치밀어 올랐다. 언니가 빙리 씨를 얼마나 좋아하는지 잘 알기 때문에 더욱 속이 상했다.

"난 빙리 씨가 신사답고 좋은 사람이라고 생각했어. 그런데 언니를 사랑하면서 다른 사람들 때문에 그 사랑도 지켜 내지 못할 만큼 우유부단하다니! 정말 실망이야."

"그렇게 생각하지 마. 그분은 아무 잘못도 없으니까 원망할 필요 없어. 내가 착각했던 것뿐이야. 시간이 지나면 금방 괜찮아질 거야. 극복하려고 노력해야지."

제인은 오히려 화가 난 엘리자베스를 위로하려고 애썼다. 하지만 제인의 마음속엔 슬픔이 떠나지 않았다.

이제 제인과 엘리자베스는 빙리 씨의 이름을 거의 입에 올리지 않았다. 베넷 부인에게도 빙리 씨에 대한 희망을 버리라고 확실하게 말했다.

"빙리 씨가 제인 언니한테 가진 관심은 특별한 게 아니에요. 그분은 그저 좋은 친구로 대해 준 것뿐이라고요."

"무슨 소리야? 엘리자베스, 네가 잘못 아는 거야. 빙리 씨는 분명히 제인을 좋아했다니까."

베넷 부인은 희망을 버리기에는 너무 아쉬워서 인정할 수가 없었다.

"빙리 씨가 내년 여름에는 꼭 다시 올 거야."

베넷 씨는 묵묵히 지켜보다가 입을 열었다.

"아버지 생각은 말이다. 때로는 실연을 당하는 것도 괜찮다고 본다. 시간이 지나면 그것도 좋은 추억이 될 거야. 곧 더 큰 행운이 찾아올 테니 희망을 갖도록 하렴."

베넷 씨는 단 한 번밖에 말하지 않았지만 제인과 엘리자베스에게 큰 위안을 주었다.

이런저런 일들로 침울하던 자매들은 위컴 씨를 자주 만났다. 위컴 씨는 유쾌한 말솜씨와 솔직한 태도로 언제나 기분 좋게 해 주었다. 엘리자베스는 위컴 씨를 만나면서 그가 다아시 씨에 대해 들려주었던 이야기가 모두 사실일 것이라고 확신했다.

그들은 함께 모여서 다아시 씨를 제대로 알기 전부터 얼마나 싫어했는지를 떠올리며 웃고 떠들었다.

하지만 제인은 함부로 남을 판단하는 성격이 아니었기 때문에 거기에 동참하지 않았다.

크리스마스를 앞둔 월요일, 런던에 사는 외삼촌 부부가 롱본으로 찾아왔다. 외삼촌인 가드너 씨는 천성과 교양이 누이보다 훨씬 뛰어난 현명한 신사였다.

매년 하던 대로 베넷 씨 일가족과 함께 크리스마스를 보내기 위해 온 것이다. 다섯 자매는 외숙모인 가드너 부인도 모두 좋아했다. 가드너 부인은 총명하고 상냥한 여성이었다. 특히 제인과 엘리자베스는 외숙모와 아주 각별한 사이였다.

베넷 부인은 가드너 부인이 오자마자 제인과 엘리자베스가 결혼할 뻔했던 이야기를 낱낱이 들려주었다. 원망스럽고 불평할 일이 많았던 베넷 부인의 이야기를 가드너 부인은 기꺼이 들어주었다.

또 사랑하는 조카인 제인과 엘리자베스에게도 진심어린 위로의 말을 건넸다. 두 자매는 외숙모와 함께 시간을 보내는 동안 차츰 마음이 안정되어 갔다.

어느 날, 가드너 부인은 엘리자베스를 조용히 불러서 말했다.

"엘리자베스, 너한테 그런 일이 있었다면 차라리 나았을지도 모르겠구나! 너라면 툭툭 털고 더 빨리 웃어넘겼을 거야. 그런데 제인은 쉽게 극복하지 못하는 것 같아. 정말 힘든 모양이다. 내가 런던으로 돌아갈 때 제인더러 함께 가자고 하면 어떻겠니? 집을 벗어나면 기분도 훨씬 나아질 거야."

"정말 좋은 생각이에요. 언니도 아마 따라가고 싶을 거예요"

엘리자베스는 대단히 기뻐하며 제인에게 달려갔다.

예상했던 대로 제인은 외숙모의 제안을 선선히 받아들였다.

가드너 외삼촌 부부는 롱본에 일주일 정도 머물렀다. 베넷 부인은 남동생 부부를 위해 파티를 날마다 열었다.

외삼촌 부부는 롱본에 머무는 동안 메리턴에 사는 이모 부부와 윌리엄 루카스 경의 가족들, 사관들과 어울리느라 하루하루가 바빴다.

가드너 부인은 사관들과 파티를 할 때마다 엘리자베스가 위컴 씨에게 유난히 친절하게 구는 모습을 주의 깊게 살펴보았다.

가드너 부인은 결혼 전에 위컴 씨의 고향인 더비셔에 산 적이 있었다. 그래서 두 사람은 공통적으로 아는 사람이 많아 말이 잘 통했다. 그럼에도 불구하고 가드너 부인은 엘리자베스와 단둘이 있게 되자 진지하게 말했다.

"엘리자베스, 네가 위컴 씨를 좀 더 조심했으면 좋겠어. 재산이 없어서 고생할 게 뻔한 그런 사랑에 빠져서는 안 된다. 우리는 네가 분별 있게 행동하기를 바란단다. 아버지를 실망시키지 마라."

외숙모의 말을 듣고 난 엘리자베스는 위컴 씨에 대한 자기의 감정을 조심스럽게 생각해 보았다. 두 사람은 확실히 서로에게 호감을 느끼고 있었지만 아직 진지한 사랑으로 이어진 것은 아니었다.

곧 외삼촌 부부는 제인과 함께 런던으로 돌아갔다. 그리고 얼마 지나지 않아 콜린스 씨가 돌아왔다. 그는 줄곧 루카스 경의 집에 머물렀기 때문에 베넷 부인은 불편한 일을 겪지 않아도 되었다.

콜린스 씨와 샬럿의 결혼식이 눈앞에 닥쳐오자 베넷 부인은 빈정대는 목소리로 혼자 중얼거렸다.

"제발 그들이 행복이라도 하기를 바란다, 흥!"

어느덧 결혼식 전날이었다. 샬럿이 작별 인사를 하러 찾아왔다. 베넷 부인은 마지못해 차갑게 인사치레를 했고, 엘리자베스는 그 모습이 부끄러워 샬럿을 집밖까지 배웅했다.

엘리자베스는 오랜 친구인 샬럿의 행복을 진심으로 빌어 주었다.

"엘리자베스, 부탁이 있어! 콜린스 씨와 나는 결혼한 후에 당분간 헌스퍼드를 떠날 수 없을 거야. 그러니까 네가 헌스퍼드로 나를 만나러 와 줘. 3월에 아버지와 동생이 나를 보러 오기로 했어. 그때 너도 꼭 같이 와 줬으면 좋겠어!"

샬럿은 간절한 눈빛으로 부탁했다.

엘리자베스는 그 방문이 즐거울 것 같진 않았지만 차마 거절할 수가 없었다.

"그래, 꼭 갈게."

두 사람은 편지로 소식을 자주 주고받자는 말을 하고 헤어졌다.

다음 날 교회에서 결혼식을 올리자마자 콜린스 씨 부부는 곧장 헌스퍼드로 떠났다. 늘 그렇듯이 사람들은 그 결혼에 대해 이런저런 이야깃거리가 많았다.

며칠 뒤, 샬럿이 엘리자베스에게 보낸 편지가 도착했다. 엘리자베스는 전처럼 그녀를 편하고 솔직하게 대하기가 힘들었다.

샬럿은 그곳 생활이 유쾌하며 모든 게 좋다는 편지를 자주 보내왔다. 엘리자베스는 옛정을 생각해서 적당히 우정을 보여 주는 인사말로 답장을 써서 보냈다.

곧 제인에게서도 런던에 잘 도착했다는 편지가 왔다. 제인은 런던으로 떠나기 전에 빙리 양에게 편지를 보냈다. 하지만 빙리 양은 제인이 런던에 왔는데도 찾아오지 않았다고 했다.

"아, 언니가 얼마나 실망했을까!"

엘리자베스는 편지를 읽으면서 가슴이 아팠다. 또한 빙리 씨에 대한 원망이 더욱 커졌다.

그 무렵, 또 한 통의 편지가 날아들었다. 외숙모가 보낸 편지였다. 외숙모는 엘리자베스가 위컴 씨와 더 가까워질까 봐 걱정이 되어 한 번 더 충고를 하려고 편지를 보낸 것이었다.

하지만 외숙모가 좋아할 소식이 하나 있었다. 위컴 씨는 많은 유산을 상속받은 어떤 아가씨한테 마음을 바치고 있었기 때문이었다. 그는 더 이상 엘리자베스에게 가까이 다가오지 않았으며, 두 사람이 만날 일은 거의 없었다.

그녀는 위컴 씨가 재산에 끌려 여성에게 구애하는 모습을 보면서도 그다지 충격을 받지는 않았다. 왜냐하면 그를 원망하는 마음이 별로 없었기 때문이었다.

위컴 씨와는 어디까지나 우정을 나눈 사이라고 결론을 내렸다. 그래서 외숙모에게도 걱정 끼칠 일은 절대로 없을 거라는 답장을 보냈다.

롱본 가에는 더 이상 큰 사건이 일어나지 않았다. 엘리자베스는 동생들과 함께 가끔 메리턴으로 산책을 갔다.

예전처럼 조용하고 단조로운 나날이 이어졌다. 그렇게 1월과 2월은 별다른 변화 없이 지나갔다.

여행을 떠난 엘리자베스

어느새 3월이 되었다. 엘리자베스는 샬럿의 아버지인 루카스 경, 동생 머라이아와 함께 헌스퍼드로 떠났다. 샬럿과의 약속을 지키기 위해서였다. 엘리자베스는 샬럿이 자신을 무척 기다린다는 사실을 알고 기쁜 마음으로 여행을 떠났다. 또한 여행길에 제인도 만날 수 있을 거라고 생각하니 빨리 떠나고 싶어졌다.

그들은 워낙 일찍 출발했기 때문에 정오쯤 가드너 외삼촌이 사는 그레이스처치가에 도착했다. 헌스퍼드로 가는 길목이었기 때문에 외삼촌 댁에 들렀다 가기로 한 것이다.

그들이 탄 마차가 가드너 외삼촌 댁 앞에 서자, 제인과 어린 사촌 동생들이 반갑게 달려 나왔다.

"와, 언니 정말 다행이야! 전처럼 건강하고 아름다운 모습이 라서!"

엘리자베스는 제인의 얼굴을 보자마자 기뻐서 말했다.

그 말에 제인은 활짝 웃었지만 어딘가 그늘이 보였다.

외삼촌과 외숙모는 엘리자베스 일행을 즐겁게 접대했다. 낮에는 여기저기 바쁘게 쇼핑을 했고 저녁에는 극장에 갔다.

극장에서 외숙모와 엘리자베스가 나란히 앉았을 때였다. 외숙모가 뜻밖의 초대를 했다.

"엘리자베스, 여름에 여행을 갈 계획인데 함께 가지 않을래? 아직 얼마나 멀리 갈지는 결정하지 않았지만 북쪽의 호수가 있는 지방까지는 갔다 올 거야."

"오, 외숙모! 정말 기뻐요. 새로운 곳으로 여행을 가다니 정말 멋져요! 저도 꼭 가고 싶어요."

엘리자베스는 무척 기뻤다. 지금 그녀에게 이토록 좋은 선물은 없었다. 먼 여행에서 돌아오면 실망스럽고 울적한 일들은 다 잊어버릴 것만 같았다. 맑고 푸른 호수와 산과 강들을 보면 새로운 생기와 활력을 얻게 될 것이다.

이튿날 엘리자베스 일행은 다시 마차에 올라 헌스퍼드로 떠났다. 제인의 건강한 모습을 본 엘리자베스는 마음이 놓였고, 또

외삼촌 부부와 함께 떠날 여행 생각에 들떠서 기분이 한결 즐거워졌다.

큰길을 벗어나자 헌스퍼드로 가는 좁은 길이 나타났다. 마침내 샬럿이 사는 목사관에 도착했다. 초록색 울타리와 월계수로 담을 두른 목사관 문이 활짝 열렸다. 이제는 콜린스 목사의 부인인 샬럿이 뛰어나와 반가워 어쩔 줄 몰라 했다.

엘리자베스는 친구의 집에 오기를 잘했다고 생각했다.

"엘리자베스, 네가 와서 정말 기뻐! 얼마나 보고 싶었다고."

샬럿에 비해 콜린스 씨는 여전히 형식적이고 격식을 차리는 태도였다. 온 가족의 안부를 예의 바르게 묻고 엘리자베스의 대답을 들었다.

콜린스 씨는 의기양양하게 집 안을 구경시켜 주었다. 방의 방향이나 모양, 가구 따위를 자랑스러운 듯 보여 주었다.

엘리자베스가 자신의 청혼을 거절한 것이 얼마나 큰 잘못이었는지 깨닫게 해 주려고 일부러 보여 주는 것 같았다. 집안 분위기가 깔끔하고 안락해 보이기는 했지만 엘리자베스는 조금도 부럽지 않았다.

샬럿은 놀랍게도 결혼하고 나서 더 쾌활해진 것 같았다. 남편이 엘리자베스 앞에서 유치한 말과 행동을 해도 샬럿은 얼굴을 살짝 붉히기는 했지만 못 들은 척 해 주었다. 참 현명한 태도였다.

콜린스 씨는 자신이 정성 들여 가꾼 정원도 자랑했다. 그는 정원을 가꾸는 것이 자신의 가장 고상한 취미라고 대놓고 말해서 질리게 했다.

그러자 샬럿이 남편의 기를 살려 주는 설명을 덧붙였다. 정원을 가꾸는 일은 운동도 되고 건강에도 좋아서 남편에게 적극적으로 권하는 일이라고 했다.

'샬럿이 저런 사람과 살면서도 불행해 보이지 않아서 다행이야. 샬럿은 정말 더 밝고 명랑해졌어!'

엘리자베스는 속으로 의아하면서도 한편으로 친구에 대해 안심했다.

다음 날 12시쯤이었다. 로징스에서 두 손님이 찾아왔다. 그들은 콜린스 씨의 후원자인 캐서린 영부인이 그들 모두를 정찬에 초대한다는 뜻을 전하고 돌아갔다.

흥분한 콜린스 씨는 입에 침이 마르도록 자랑스럽게 떠들어댔다.

"오! 장인어른, 머라이어, 그리고 엘리자베스까지 초대를 받다니! 이게 얼마나 큰 행운인지 모르실 겁니다. 캐서린 부인 같은 고귀하신 분이 넓은 마음으로 우리 부부를 배려하셨기 때문에 가능한 일이지요. 정말 영광스러운 일이고말고요!"

그는 로징스에서 대단한 방들과 많은 하인들, 또 화려한 저녁상을 보아도 놀라거나 압도되지 않도록 세심히 설명해 주었다. 게다가 캐서린 영부인의 취향에 맞추도록 옷차림까지 간섭을 했다. 약속 시간에 늦으면 안 된다고 조바심을 내면서 내내 호들갑을 떨었다.

다음 날 저녁, 모두들 품위 있게 차려 입고 로징스에 도착했다. 몹시 긴장한 루카스 경과 머라이어는 웅장한 저택에 압도당했지만 엘리자베스는 끄떡도 하지 않았다. 용기를 내어 당당하게 걸어 들어갔다.

'캐서린 영부인이 남다른 재능이나 뛰어난 덕망을 가졌다는 이야기는 들은 적이 없는걸! 돈이 많고 지위가 높다고 위엄을 부리는 사람이라면 내가 존경할 필요는 없다고 생각해.'

엘리자베스는 주눅 들지 않고 캐서린 영부인이 기다리는 응접실로 갔다. 캐서린 영부인은 딸과 나란히 서서 친절하게 그들을 맞았다.

샬럿이 영부인에게 일행을 차례로 인사시켰다. 영부인은 그다지 부드러운 태도는 아니었는데, 자신의 지위를 의식하는 듯 위엄을 풍겼다.

정찬은 아주 훌륭했다. 하인들의 접대와 요리 모두 콜린스 씨가 자랑하던 그대로였다. 콜린스 씨와 루카스 경이 음식을 먹을 때마다 침이 마르도록 칭찬을 하자 캐서린 부인은 만족스러운 표정을 지었다.

식사를 끝내고 차를 마시는 동안, 캐서린 영부인은 엘리자베스에게 이것저것 물어보았다. 질문의 내용은 아주 개인적인 집안 이야기라서 무례하게 느껴질 정도였다.

"베넷 양, 부친의 재산이 콜린스 씨한테 상속된다면서요?"

"피아노 연주와 노래도 할 줄 아나요?"

"그림은 그릴 줄 아나요? 뭐라고요, 집에 가정교사를 한 번도 쓰지 않았다고요?"

엘리자베스는 영부인이 꼬치꼬치 캐묻는 말에 기분이 상했지만 조금도 기죽지 않고 또박또박 대답했다.

캐서린 영부인은 엘리자베스의 집안을 무시하면서 자존심 상하게 하는 질문들만 퍼부었다.

하지만 엘리자베스는 유머를 섞어 가며 적당히 둘러 댔다. 겉으로는 침착한 태도를 유지했다. 사실은 기분이 언짢았지만 조금도 기가 꺾이지 않았다.

집으로 돌아가는 길에도 콜린스 씨는 어김없이 캐서린 영부인에 대한 칭찬을 늘어놓았다. 그러다 엘리자베스와 눈이 마주치자 궁금한 듯이 물었다.

"베넷 양, 로징스의 정찬은 어땠나요? 캐서린 영부인은 참 우아하고 훌륭하시죠? 그런 분이 초대한 정찬이 당신에게 어땠는지 궁금하군요."

"물론 좋았어요. 정찬은 참 괜찮았어요."

엘리자베스는 샬럿의 입장을 생각하면서 칭찬해 주었다.

루카스 경과 머라이아는 헌스퍼드에 단 일주일만 머물렀다. 엘리자베스는 샬럿이 붙잡는 바람에 혼자 더 남게 되었다.

그런 어느 날, 엘리자베스는 로징스의 정찬에 갔다가 뜻밖의 소식을 들었다. 다아시 씨가 얼마 후에 로징스를 방문한다는 이야기였다.

캐서린 영부인은 무척 기뻐하면서 말했다.

"다아시처럼 멋진 청년은 어디를 가도 보기 힘들지. 난 오래 전부터 다아시를 내 사윗감으로 점찍었어. 다아시야말로 우리 집안과 아주 잘 어울리는 청년이거든."

로징스 사람들은 새로운 사람이 온다는 사실에 퍽 기대를 하였다. 매일 반복되는 일상에 변화를 줄 수 있기 때문이었다. 하지만 엘리자베스는 다아시 씨를 만난다는 게 하나도 반갑지 않았다.

다아시 씨는 백부의 작은아들인 피츠윌리엄 대령과 함께 왔다. 두 사람은 도착하자마자 목사관에 인사를 하러 왔다. 피츠윌리엄 대령은 서른 살쯤 돼 보였으며, 미남은 아니었지만 진짜 점잖은 신사였다. 그가 먼저 인사를 했고, 다아시 씨도 콜린스 씨 부부와 엘리자베스에게 인사를 했다.

다아시 씨는 엘리자베스에게 별다른 말을 건네지 않았기 때문에 두 사람은 형식적인 인사만 나누었다.

"다아시 씨, 언니가 지금 석 달째 런던에 머물고 있어요. 거기서 혹시 언니랑 마주친 적은 없으세요?"

엘리자베스는 다아시 씨의 눈을 똑바로 보면서 물었다.

"아, 그렇습니까? 전 몰랐습니다."

다아시 씨는 어쩐지 당황한 기색이었다. 두 사람 다 거기에 관한 이야기는 더 이상 나누지 않았다.

예기치 못한 청혼

다아시 씨와 피츠윌리엄 대령이 도착하고 나서 거의 일주일이 지난 뒤였다. 콜린스 씨 부부와 엘리자베스는 로징스의 저녁 모임에 초대를 받았다.

캐서린 영부인은 전보다 덜 반가워하는 듯했다. 그녀는 조카들과 주로 대화를 나누었는데, 특히 다아시 씨에게 말을 많이 건넸다. 한편 피츠윌리엄 대령은 엘리자베스에게 호감을 느끼고 말을 걸었다. 여행과 새 책과 음악에 대한 이야기를 활기차게 나누면서 즐거운 시간을 보냈다. 그러자 그 모습을 본 캐서린 영부인이 금세 끼어들어서 훼방을 놓았다.

"피츠윌리엄, 베넷 양에게 하고 있는 이야기가 뭐냐? 나도 좀 들어 보자꾸나."

"음악에 대한 이야기를 나누고 있었습니다, 이모님."

"음악이라고? 그건 내가 제일 좋아하는 화제니까 큰 소리로 이야기하면 좋겠구나! 참, 다아시 동생 조지애나는 연주 솜씨가 많이 늘었나?"

다아시 씨는 표정이 환해져서 동생이 열심히 한다는 칭찬을 했다.

피츠윌리엄 대령은 엘리자베스에게 피아노 연주를 해 달라고 부탁했다. 그러자 그녀는 피아노 앞에 앉아 연주를 시작했다. 다아시 씨는 엘리자베스의 얼굴을 정면으로 바라볼 수 있는 자리에 앉아 감상하였다.

"다아시 씨, 동생분이 연주를 그렇게 잘하신다고 해도 제가 겁을 먹진 않아요. 이렇게 엉망인 연주를 들으려고 오시다니! 저를 겁주려고 그러시는 건 아니겠죠?"

"당신은 가끔 마음과는 다른 말을 한다는 걸 알고 있습니다."

다아시 씨의 대답에 엘리자베스는 웃음을 터뜨렸다.

피츠윌리엄 대령은 엘리자베스가 마음에 들었다. 그녀와 이야기를 나누면 즐거웠다. 다른 여성들과 달리 당당하고 거침없는 매력도 있었다.

"베넷 양, 다아시와 이미 알고 있었다고요? 다아시는 처음 만나는 사람들에게 어떻게 대하는지 궁금하군요."

피츠윌리엄 대령은 다아시 씨가 보는 앞에서 흥미롭다는 듯이 물었다.

"하트퍼드셔의 무도회에서 처음 만났어요. 신사가 부족했는데도 이분은 겨우 네 번 춤을 추셨답니다. 아가씨들 여러 명이 파트너 없이 앉아 있는데도 말이에요. 이 이야기는 사실이지요, 다아시 씨?"

"저는 처음 만나는 사람들과 친해지는 소질이 없답니다."

두 사람은 계속 이야기를 나누고 싶었지만 캐서린 영부인이 또 훼방을 놓았다.

"무슨 이야기를 하니?"

엘리자베스는 다시 피아노 연주를 시작했다. 캐서린 영부인은 연주법과 표현력에 대한 신랄한 평가를 하면서 엘리자베스를 가르치려고 들었다.

엘리자베스는 인내심을 갖고 묵묵히 받아들였다. 오로지 예의를 지키기 위해서 꾹 참았다.

다음 날 아침, 콜린스 씨와 샬럿이 시내에 볼일을 보러 간 사이 엘리자베스는 집에 혼자 남아 제인에게 편지를 썼다.

현관에서 초인종 소리가 울려 나가 보니 놀랍게도 다아시 씨가 서 있었다.

"아, 다들 나가셨군요. 베넷 양 혼자 계신 줄 몰랐습니다."

다아시 씨는 조금 놀란 표정으로 말했다. 엘리자베스는 어색하고 서먹서먹하게 그를 맞았다. 두 사람은 잠깐 동안 아무 말도 하지 않고 서먹하게 앉아 있었다.

"다아시 씨, 지난 11월엔 모두들 갑자기 네더필드를 떠나셨지요. 빙리 씨는 그 전날 먼저 떠나셨고요. 런던에서 다 같이 만나서 빙리 씨는 참 기뻤겠어요. 빙리 씨랑 누이들은 잘 지내는지 모르겠군요."

"아주 잘 지내고 있답니다. 감사합니다."

엘리자베스는 더 이상 아무 말도 하지 않았다.

이번에는 다아시 씨가 말을 꺼냈다.

"콜린스 씨는 부인을 아주 잘 만나신 것 같습니다."

"예, 정말 그래요. 콜린스 씨 같은 사람을 남편으로 만나서 그렇게 잘살 수 있는 사람은 제 친구 샬럿뿐일 거예요."

두 사람이 이야기를 나누고 있을 때 샬럿이 돌아왔다.

그녀는 다아시 씨가 온 것을 보고 깜짝 놀랐다.

"제가 잘못 알고 와서 베넷 양을 방해했습니다. 베넷 양이 혼자 있는 줄 모르고 지나가는 길에 들렀습니다."

다아시 씨는 잠시 후에 황급히 돌아갔다.

"엘리자베스, 다아시 씨가 혹시 너한테 반한 게 아닐까? 이렇게 갑자기 온 걸 보면 말이야."

샬럿이 들떠서 말했다.

엘리자베스는 절대로 그렇지 않다며 고개를 흔들었다.

"하긴, 네더필드에서 봤을 때도 아무 관심 없다며 오만했지."

샬럿과 엘리자베스는 그냥 지나가는 길에 다녀갔나 보다고 짐작했다.

그런데 다아시 씨와 피츠윌리엄 대령은 목사관에 자주 찾아왔다. 피츠윌리엄 대령은 엘리자베스와 즐겁게 이야기를 나누었고, 다아시 씨는 한쪽에 조용히 앉아 있다가 돌아가곤 했다. 엘리자베스는 다아시 씨의 그런 행동을 이해할 수 없었다.

'사람을 만나는 게 좋아서 오는 건 아냐. 별로 즐거워 보이지 않잖아. 예의를 차리기 위해 억지로 따라오는 거야!'

엘리자베스는 그렇게 생각했다.

그런데 엘리자베스가 정원을 산책하다가 다아시 씨와 마주치는 일이 여러 번 생겼다. 그녀는 다아시 씨와 마주치기 싫어서 산책하는 시간과 장소도 바꾸어 보았지만 소용이 없었다.

'혹시 내가 산책하러 나올 때까지 기다리는 거 아냐?'

엘리자베스는 잠시 이런 의심이 들 지경이었다.

'에이, 터무니없는 상상일 뿐이야. 다아시 씨가 그런 행동을 할 까닭이 없잖아!'

엘리자베스는 쓴웃음을 지으며 고개를 가로저었다.

다아시 씨와 피츠윌리엄 대령이 로징스를 떠나기 이틀 전이었다. 엘리자베스는 산책길에 피츠윌리엄 대령을 만났다. 서로 반갑게 인사를 주고받다가 우연히 빙리 씨 이야기를 하게 되었다.

"제가 보기에 다아시 씨는 빙리 씨에게 아주 친절해요. 친척들보다 더 각별하게 보살펴 주는 것 같았어요."

엘리자베스의 말에 피츠윌리엄 대령은 곧바로 수긍을 했다.

"그 말씀이 일리가 있네요. 최근에 다아시가 이런 이야기를 하더군요. 친한 친구가 어떤 아가씨를 좋아해서 경솔하게 결혼할 뻔했는데 자기가 막았다고 기뻐하더군요. 제 생각에는 그 친구가 빙리 씨인 것 같습니다만."

그 순간 엘리자베스는 뒤통수를 세게 얻어맞은 기분이었다.

"다아시 씨가 그 결혼을 무엇 때문에 막았다고 하던가요?"

"그 아가씨한테는 비난받을 만한 이유가 몇 가지 있다고 하더군요. 자세히는 알지 못합니다."

그녀는 빙리 씨와 제인의 결혼을 막은 사람은 빙리 양이라고 확신하고 있었다. 그런데 사실은 다아시 씨가 그런 고약한 역할을 했다니 어이가 없었다. 그녀는 피츠윌리엄 대령과 헤어진 뒤 정신없이 돌아왔다.

엘리자베스는 다아시 씨가 한 행동을 생각할수록 흥분되고 눈물이 나왔다. 급기야는 두통이 너무 심해져 그날 저녁에 콜린스 씨 부부와 함께 로징스에 가서 차를 마시기로 한 약속도 취소하고 혼자 남았다.

엘리자베스는 그동안 제인이 보내온 편지들을 꺼내서 유심히 살펴보았다.

'언니 편지는 항상 쾌활했어. 그런데 요새는 쾌활함이 사라졌어. 문장 하나하나에 다 근심이 들어가 있어!'

다아시 씨가 사랑하는 언니를 불행하게 만들었다고 생각하자, 엘리자베스는 분노가 점점 치솟았다.

그때 초인종이 울렸다. 엘리자베스가 문을 열자 놀랍게도 다아시 씨가 서 있었다.

"몸은 좀 어떠십니까? 아프다는 소식을 듣고 왔습니다."

다아시 씨는 평소와 달리 무척 서두르는 태도로 말을 걸었다.

엘리자베스는 침착하고 냉정하게 괜찮다고 대답했다.

다아시 씨는 자리에 앉았다 곧 다시 일어서더니 방 안을 서성거렸다. 어쩐지 안절부절못하는 모습이었다. 엘리자베스는 속으로 놀랐지만 아무 말도 하지 않았다.

잠시 침묵을 지키던 다아시 씨가 다소 흥분한 표정으로 다가와 속마음을 털어놓았다.

"베넷 양, 아무리 애를 써도 소용이 없었습니다. 당신을 사랑하는 일이 제 집안의 수치이고, 당신 집안을 생각하면 이성적으로 바람직하지 않은 줄 압니다. 그럼에도 불구하고 저는 당신을 사랑하게 되었습니다. 저는 더 이상 당신에 대한 사랑을 숨길 수 없습니다. 부디 제 청혼을 받아 주십시오."

순간, 엘리자베스는 너무 놀라 제 귀를 의심했다. 다아시 씨는 엘리자베스가 당연히 청혼을 받아 줄 것이라고 믿는 표정이었다. 그 모습을 보자 다시 분노가 치민 엘리자베스는 거침없이 말했다.

"이런 경우에 우선 감사를 드려야겠지만 저는 감사하지 않아요. 당신의 호감을 원한 적이 한 번도 없으니까요. 하지만 당신의 마음을 힘들게 했다면 미안합니다. 우선 저는 당신을 사랑하지 않아요. 게다가 당신은 제인 언니를 불행에 빠뜨린 사람이에요. 제가 어떻게 이 청혼을 기쁘게 받아들일 수 있겠어요?"

다아시 씨는 비참한 심정이 되었지만 하나도 미안하지 않은 듯이 말했다.

"빙리 이야기군요. 저 자신보다 친구한테 더 마음을 썼기 때문에 한 일입니다. 제 친구를 위해서 당신 언니로부터 떨어지도록 노력한 건 사실이니까요."

"그 일만이 아니에요. 당신을 싫어하는 이유는 또 한 가지 있어요. 당신은 오래전에 위컴 씨한테서 목사직을 추천받을 수 있는 권리를 빼앗고, 그 사람을 불행하게 만들었어요. 당신은 정말 오만하고 잔인한 분이에요!"

"바로 이게 저에 대한 당신의 견해였군요. 그런 줄도 모르고 당신에 대한 사랑의 감정만 키운 제 자신이 부끄럽습니다. 당신의 건강과 행복을 빌겠습니다. 안녕히 계십시오."

다아시 씨는 급히 방을 나갔다. 현관문을 열고 밖으로 나가는 소리도 들렸다.

엘리자베스는 마음이 흔들리면서 고통스러웠다. 온몸에서 힘이 빠져나간 상태로 30분이나 울었다. 다아시 씨한테 청혼을 받은 일부터 시작해서 모든 일들이 다 믿어지지 않았다. 게다가 다아시 씨가 제인에게 한 일을 인정할 때의 당당하고 뻔뻔한 태도를 생각하면 하나도 불쌍하지 않았다.

다음 날까지도 엘리자베스는 어제 있었던 일의 충격에서 벗어나지 못했다. 그래서 어지러운 생각들을 정리하려고 아침 일찍 산책을 나갔다. 그녀는 다아시 씨와 마주치지 않기 위해 더 멀리 떨어진 한적한 곳으로 향했다.

그런데 다아시 씨가 저만치서 빠른 걸음으로 다가왔다. 다아시 씨는 큰 소리로 그녀를 불렀다. 엘리자베스는 깜짝 놀라 그 자리에 우뚝 서 버렸다. 다아시 씨는 편지를 내밀면서 침착하고 도도하게 말했다.

"당신을 만나려고 숲속을 한참 찾아다녔습니다. 이 편지를 읽어 주시겠습니까?"

다아시 씨는 가볍게 고개를 숙이고는 재빨리 뒤돌아서 가 버렸다.

엘리자베스는 강렬한 호기심에 편지를 얼른 읽었다.

이 편지는 어젯밤 당신을 그토록 화나게 했던 일에 대해서 다시 말하려는 것이 아닙니다. 또 다시 청혼을 하려는 것도 아니니 걱정하거나 놀랄 필요는 없습니다. 오직 진실을 바로잡기 위해서 편지를 쓰는 것뿐입니다.

우선, 제가 빙리를 당신의 언니인 제인 양으로부터 떼어 놓았다는 것에 관해 설명하겠습니다. 저는 그동안 빙리가 너무 쉽게 사랑에 빠지는 모습을 여러 번 보았습니다. 또 제가 보기에는 제인 양이 타고난 성품이 쾌활하고 상냥한 것일 뿐, 빙리를 진심으로 사랑한다는 느낌은 받지 못했습니다. 그래서 빙리가 성급하게 청혼을 하고, 또 그로 인해 상처를 받게 될까 봐 냉정하고 신중하게 판단하기를 권했던 것입니다. 제가 제인 양의 마음에 상처를 주었다면 그건 모르고 한 일이었습니다.

그럼 이번에는 위컴 군에 관한 이야기를 하겠습니다. 위컴 군의 아버지는 아주 훌륭한 분이셨고, 우리 집안의 재산을 관리해 주는 일을 맡아 했습니다. 저희 아버지는 그분에게 보답하는 마음으로 위컴 군의 학비를 모두 내주셨습니다. 아버지는 위컴 군을 몹시 아끼셨기 때문에 그 친구에게 무엇이든 해 주고 싶어 하셨지요. 목사직을 추천해 준다는 것도 그중 하나였습니다.

하지만 위컴 군은 자기 아버지가 돌아가신 후에 자신에게 맞지 않는 목사직을 포기하겠다며 그 대가로 3,000파운드를 달라고 하더군요. 저는 그전부터 위컴 군의 성격이 좋지 않고 낭비벽이 심하다는 것을 알고 있었습니다. 목사 자리에는 전혀 어울리지 않는 사람이라고 여겼습니다. 그래서 저는 흔쾌히 들어주었습니다. 위컴 군은 돈을 받자 런던에서 나태하고 방탕한 생활만 했습니다.

그러다 돈이 다 떨어지니까 저에게 다시 목사직을 추천해 달라고 하더군요. 저는 그 부탁을 들어줄 수 없었습니다. 그 후로 위컴 군은 자신의 잘못은 전혀 깨닫지 못하고 만나는 사람들에게 제 비난을 하고 다녔습니다.

나중에는 저에게 앙심을 품고 복수를 할 생각으로 제 동생 조지애나를 유혹해서 같이 도망칠 궁리까지 했습니다. 그렇게 되면 조지애나가 받을 재산을 챙길 수 있을 거라고 계산했던 거지요. 하지만 그때 제 동생은 겨우 열다섯 살이었답니다. 사리판단을 못할 어린 나이였지요. 불행 중 다행으로 동생이 저에게 그 사실을 고백했기 때문에 위컴이 계획한 도피행은 이루어지지 못했습니다.

제가 말씀드린 내용이 사실인지 혹시 증인이 필요하시다면, 피츠윌리엄 대령에게 확인하셔도 좋습니다. 그는 그동안의 모든 일을 세세히 잘 알기 때문입니다.

엘리자베스는 큰 충격을 받았다. 도무지 혼란스러워서 갈피를 잡을 수 없었다. 특히 위컴 씨에 대한 이야기는 그녀에게 공포와 고통을 주었다. 그녀는 편지를 몇 번이나 읽었다. 모든 정황으로 보아 다아시 씨가 편지에 쓴 내용은 사실이라는 생각이 들었다.

“내가 정말 한심했구나! 사람을 제대로 본다고 믿었는데 그건 엄청난 착각이었어. 내 마음에 드는 사람 말만 듣고, 그것 때문에 편견에 사로잡혀서 진실을 못 보았던 거야. 난 정말 어리석었어!”

엘리자베스는 부끄러워서 얼굴이 벌겋게 달아올랐다.

“언니가 빙리 씨를 사랑한다는 사실을 전혀 못 느꼈다고? 아, 언니가 사랑을 겉으로 표현하지 않는 것에 대해 샬럿이 염려했던 게 맞았구나!”

엘리자베스는 그동안 편견에 사로잡혀 잘못 알았던 사실이 무척 부끄러웠다. 생각하면 할수록 마음이 자꾸 무거워졌다.

집으로 돌아오다

다음 날 아침, 다아시 씨와 피츠윌리엄 대령이 떠났다. 엘리자베스도 곧 집으로 돌아갈 결심을 했다.

샬럿은 더 머물러 주기를 바랐지만 베넷 씨가 돌아오라는 편지를 보냈기 때문이었다. 엘리자베스는 아버지의 뜻을 받아들였다.

떠나기 전날 밤에도 엘리자베스는 콜린스 씨 부부와 함께 캐서린 영부인을 찾아갔다.

“베넷 양, 여행 잘하고 내년에 다시 찾아와요.”

캐서린 영부인은 크게 선심을 쓰듯이 말했다. 부인의 딸인 버그 양도 아쉬운 듯이 인사를 건넸다. 엘리자베스는 그동안의 초대와 친절에 감사하다고 깍듯이 인사를 했다.

다음 날, 엘리자베스는 콜린스 씨에게 진심에서 우러나오는 작별 인사를 했다.

"콜린스 씨, 그동안 정말 즐거웠어요. 친절하게 배려해 주셔서 감사합니다. 오랜만에 샬럿과 함께 지낼 수 있어서 얼마나 기뻤는지 몰라요."

엘리자베스의 말에 콜린스 씨는 흡족한 표정을 지었다.

샬럿의 섭섭한 얼굴을 뒤로하고 엘리자베스는 길을 떠났다.

마차를 타고 떠난 지 4시간 만에 가드너 외삼촌댁에 도착했다. 그곳에서 며칠 머물다 제인과 함께 롱본으로 돌아갈 계획이었다.

제인은 다행히 건강해 보였고, 외숙모는 무척 반가워하면서 친절하고 상냥하게 맞아 주었다.

엘리자베스는 제인에게 다아시 씨와 빙리 씨에 관한 이야기를 당장 털어놓고 싶었지만 꾹 참았다. 빙리 씨에 대한 이야기를 들으면 제인이 마음의 상처를 입을 게 분명하기 때문이었다.

두 자매가 드디어 집을 향해 떠났다. 키티와 리디아가 베넷가의 마차를 타고 마중을 나왔다. 엘리자베스와 제인은 오랜만에 만난 동생들과 반갑게 인사를 나누면서 마차를 바꿔 타고 집으로 돌아갔다.

마차 안에서 리디아는 언니들이 없는 동안 롱본에서 벌어진 일들에 관해 쉴 새 없이 떠들어 댔다.

"우리 모두가 좋아하는 어떤 사람에 대한 뉴스가 있어! 위컴 씨에 대한 중대 뉴스니까 잘 들어요. 위컴 씨는 메리 킹이라는 여자와 결혼하지 않는대요. 그 여자는 리버풀에 있는 자기 삼촌 집으로 떠났대. 아무튼 다행이에요. 이제 위컴 씨는 안전해!"

엘리자베스와 제인은 깜짝 놀랐다.

"그럼 메리 킹도 이제 안전하겠네!"

엘리자베스가 뼈 있는 말을 했다. 하지만 리디아는 알아듣지 못했다.

"서로 애정이 별로 없었나 봐."

제인이 생각에 잠긴 표정으로 말했다.

리디아는 아랑곳하지 않고 계속 떠들어 댔다.

"괜찮은 남자는 좀 만나 봤어? 큰언니는 벌써 스물셋이잖아! 난 큰언니만큼 나이가 들기 전에 꼭 결혼할 거야. 난 빨리 결혼하고 싶어. 나이는 제일 어리지만 언제나 노처녀가 될까 봐 걱정이라고."

롱본에 도착하자 베넷 씨 부부가 딸들을 아주 다정하게 맞아

주었다.

베넷 부인은 제인이 여전히 아름답다며 기뻐했고, 베넷 씨는 식사 도중에 엘리자베스에게 여러 번 같은 말을 했다.

"엘리자베스, 네가 돌아와서 참 기쁘다!"

다음 날, 엘리자베스는 제인에게 그동안 참았던 이야기를 꺼냈다. 다아시 씨가 청혼했던 사실을 털어놓자, 제인은 무척 놀랐지만 곧 침착해졌다. 너무 뜻밖의 일이라고 여겼지만 얼마 안 가 다른 감정들이 생겨났다.

제인은 다아시 씨가 자신의 감정을 서툴게 전했다고 생각하며 속으로 안타까워했다. 동생의 분명한 거절 때문에 그가 불행해졌을 거라는 딱한 생각마저 들었다.

"다아시 씨는 네가 청혼을 받아 줄 거라고 믿었을 거야. 그래서 더 실망이 컸을 거야!"

"사실 그랬어. 언니, 다아시 씨의 청혼을 거절했다고 나를 나무라는 건 아니지?"

"나무라다니! 그럴 리가 없잖아. 난 네 선택을 존중해."

제인의 말에 엘리자베스는 마음이 한결 가벼워졌다. 다아시 씨의 편지를 통해 알게 된 위컴 씨에 관한 사실들도 자세히 알려 주었다. 하지만 빙리 씨와 관계된 이야기는 차마 못했다.

"위컴 씨가 그렇게 나쁜 사람이었다니! 정말 충격이다. 다아시 씨도 너무 가엾고! 정말 너무 가슴 아픈 일이야. 하지만 위컴 씨에 관한 이야기는 다른 사람들한테 하지 말자. 위컴 씨는 절망에 빠지고 말 거야. 그럼 영원히 파멸하게 될지도 몰라."

제인은 늘 그렇듯이 다른 사람의 입장을 배려하며 침착하게 말했다.

"어차피 곧 부대가 이동하게 되면 위컴 씨도 이곳을 떠날 거야. 언젠가는 모든 것이 밝혀질 테지. 지금으로서는 아무 말도 않겠어."

제인과 이야기를 나누는 동안 엘리자베스는 안정을 되찾았다. 덕분에 소용돌이치던 마음이 많이 가라앉았다.

제인과 엘리자베스가 롱본으로 돌아온 후 첫 주는 금방 지나갔다. 이제 둘째 주가 시작되었다. 이번 주는 부대가 메리턴에 주둔하는 마지막 주이기도 했다.

다음 주에 부대는 브라이턴으로 떠날 예정이었다. 리디아와 키티는 몹시 슬퍼하면서 아쉬워 어쩔 줄 몰랐다. 베넷 부인은 리디아와 키티를 위로하느라 애썼다.

"나도 25년 전에 비슷한 일을 겪어서 잘 알고말고. 정말이지 그때 밀러 대령의 연대가 가 버리고 나자 가슴이 터질 것만 같았지. 꼬박 이틀 동안이나 울었단다."

하지만 리디아와 키티는 여전히 종일 슬픔에 빠져 지냈다. 그 모습을 보면서 엘리자베스는 가족들에 대한 수치심을 느꼈다.

그러나 리디아의 슬픔은 금방 사라졌다. 그녀와 친하게 지내던 포스터 대령의 부인이 리디아를 초대했기 때문이다. 부대가 브라이턴으로 떠날 때에 함께 가자는 말을 들은 리디아는 기뻐서 펄쩍펄쩍 뛰었다.

키티는 같이 초대를 받지 못해서 심술이 났지만 리디아는 전혀 신경을 쓰지 않았다. 온 집안을 뛰어다니면서 자신을 축하해 달라며 호들갑스럽게 웃고 떠들어 댔다.

엘리자베스는 그런 리디아가 몹시 못마땅했다. 늘 리디아는 자기 기분에 휩싸여서 경솔하게 행동하곤 했다. 부모 곁을 떠나 브라이턴에 가면 훨씬 더 많은 유혹에 휩쓸릴 게 분명했다. 그곳에서 마냥 철부지 같은 리디아가 어떤 엉뚱한 일을 저지를지 무척 걱정되었다.

엘리자베스는 몰래 아버지한테 부탁을 했다. 리디아가 브라이턴에 따라가는 것을 허락하면 안 된다고 아버지를 설득했다.

"엘리자베스, 리디아는 너나 제인과 다르단다. 많은 사람들의 관심을 받아야 직성이 풀리는 아이잖니. 만일 브라이턴에 가는 것을 허락하지 않으면 그 애는 두고두고 나를 원망할 거야. 우리 집안이 한동안 무척 시끄러워질 게다. 그러니 그냥 보내 주자꾸나. 포스터 대령은 지각 있는 분이란다. 리디아가 무슨 일을 저지르지 못하게 지켜 줄 거야. 리디아도 브라이턴에 가서 많은 사람들을 만나다 보면 더 철이 들지 않겠니?"

"알겠어요, 아버지."

베넷 씨의 대답에 엘리자베스는 실망했지만 더 이상 어쩔 수 없었다.

결국 리디아는 아버지의 허락을 받아 냈고, 떠날 날만을 기다렸다. 늠름하고 멋진 장교들에 둘러싸여 있는 자신의 모습을 그리면서 하루하루 행복한 환상에 사로잡혀 지냈다.

부대가 떠나기 전날, 위컴 씨와 다른 장교 몇 명이 롱본에 와서 식사를 했다. 엘리자베스는 위컴 씨한테 로징스에 다녀온 이야기를 했다.

다아시 씨를 거의 매일 보았다고 말하자 위컴 씨는 비밀을 들킨 사람처럼 두려움과 불안에 빠져 안절부절못했다. 그 모습을 본 엘리자베스는 다아시 씨의 편지 내용이 모두 사실일 거라는 믿음이 더욱 굳어졌다.

위컴 씨는 전처럼 다아시 씨에 대한 앙심과 비난을 늘어놓으려고 했지만 엘리자베스는 아무 반응도 보이지 않았다. 상황을 파악한 위컴 씨는 더 이상 엘리자베스에게 가까이 다가가지 않았다.

다음 날 아침 예정대로 부대는 떠났다. 리디아는 기쁨에 넘쳐서 포스터 대령 부인과 함께 떠났다. 키티는 함께 가지 못하는 것이 속상하고 시샘이 나서 혼자 눈물만 흘렸다.

펨벌리에서 생긴 일

부대가 떠난 뒤로 밖에서 열리는 파티는 거의 없었다. 그러자 만사가 따분하다고 불평하는 베넷 부인과 키티로 인해 집 분위기가 어두워졌다.

하지만 엘리자베스는 어두운 분위기에 영향을 받지 않았다. 곧 여름이 되면 외삼촌 부부와 함께 여행을 떠날 거라는 사실이 아주 큰 위안이 되었기 때문이다.

호수 지방으로 외삼촌 부부와 함께 여행을 다닐 것을 생각하면 참으로 근사하고 즐거웠다.

리디아는 집으로 편지를 가끔 보내왔지만 특별한 내용은 별로 없었다. 시간이 지날수록 그 짧은 편지마저 뜸해졌다.

리디아가 떠난 지 3주일 정도 지나갔다. 롱본에는 예전처럼 밝고 명랑한 분위기가 흘러 넘쳤다. 엘리자베스가 북쪽 호수 지방으로 여행을 떠날 날이 보름쯤 남았을 때였다. 외숙모인 가드너 부인에게서 편지가 왔다.

엘리자베스, 정말 미안한 이야기를 전하게 되었구나.

출발하는 날짜를 좀 미뤄야만 한단다.

외삼촌이 업무 때문에 7월 중순에나 여행을 떠날 수 있게 되었거든. 게다가 한 달 안에 런던으로 다시 돌아와야 한다고 해서 여행 기간도 3주 정도로 줄여야 한단다.

아무래도 이번에 북쪽 호수 지방까지 다녀오기는 힘들겠구나!

대신 더비셔까지는 충분히 다녀올 수 있으니까 너무 실망하지 않았으면 좋겠다. 더비셔 부근에도 볼거리가 굉장히 많단다.

엘리자베스는 몹시 실망했다. 호수 지방을 보고 싶은 마음이 간절했기 때문이다. 그러나 외삼촌의 사정을 이해하고 받아들이기로 마음먹었다. 엘리자베스는 언제나 행복한 방향으로 생각하려고 애썼다.

그녀는 '더비셔'를 떠올리자 펨벌리의 저택과 그 주인인 다아시 씨가 저절로 생각났다.

"그곳에 갔을 때 다아시 씨와 마주치라는 법은 없잖아. 그냥 편안한 마음으로 여행을 즐기면 되는 거야."

엘리자베스는 다아시 씨에 대한 무거운 마음을 애써 털어 냈다.

기다리고 기다리던 여행 날짜가 다 되었다. 어느새 4주가 지나간 것이다. 엘리자베스는 외삼촌 부부와 함께 새로움과 즐거움을 찾는 여행길에 올랐다.

세 사람은 마음이 잘 맞았는데, 불편한 환경을 견딜 수 있는 건강한 체질과 밖에서 실망하는 일이 생기더라도 서로 즐겁게 지낼 수 있는 애정과 슬기를 간직하고 있었다. 덕분에 여행은 시작부터 유쾌했다.

그 고장의 유명한 관광지들을 구경한 후에 일행은 램턴이라는 작은 읍에 도착했다. 램턴은 외숙모가 어린 시절을 보낸 곳이었다.

"엘리자베스, 램턴에서 5마일(약 8㎞)도 안 되는 곳에 펨벌리가 있단다. 네가 좋게 이야기하던 그 위컴 씨가 어린 시절을 죽 보낸 곳이기도 하지. 펨벌리에 한번 가 보지 않을래?"

외숙모의 말에 엘리자베스는 무척 당황했다. 혹시라도 다아시 씨를 만나게 되면 끔찍할 거라고 생각했다.

"펨벌리의 저택이 화려해서 보고 싶은 게 아니란다. 이 고장에서 제일 훌륭한 숲을 볼 수 있어서 그런 거야. 그곳의 정원은 얼마나 훌륭한지 몰라."

외숙모가 간절한 눈빛으로 말했다. 엘리자베스는 더 이상 고집을 피울 수가 없었다. 몰래 주인의 부재 여부를 알아보고, 주인인 다아시 씨가 집에 있다면 펨벌리에 가지 않겠다고 마음먹었다.

나중에 객실 하녀에게 슬쩍 물어보니 펨벌리의 주인은 아직 저택에 돌아오지 않았다고 했다. 엘리자베스는 그제야 마음이 놓였다.

다음 날 아침, 세 사람은 마차를 타고 펨벌리로 출발했다. 펨벌리 근처의 숲은 듣던 대로 아름다웠다. 높은 산마루에 닿자, 그곳에서 숲이 끊어졌다. 계곡 반대편에 있는 펨벌리 저택이 보였다.

저택은 웅장하고 멋진 성 같았다. 감탄하며 보는 순간, 엘리자베스는 자신이 다아시 씨의 청혼을 받아들여 펨벌리의 안주인이 되었다면 어땠을까 생각해 보았다. 그것은 대단한 일일 수도 있을 것 같았다.

일행은 하녀장인 레이놀즈 부인의 안내를 받으며 집 안팎을 구경했다. 레이놀즈 부인은 나이가 지긋하고 점잖은 사람이었다. 일행에게 퍽 친절하게 대해 주었다.

방들은 고상하고 아름다웠고, 가구들은 진정한 우아함이 깃들어 있었다. 어느 창문에서나 아름다운 볼거리가 가득했다. 그만큼 전경이 훌륭했다.

레이놀즈 부인은 벽난로 위에 걸린 다아시 씨의 초상화도 보여 주었다.

"저희 주인 나리세요. 저는 주인 나리처럼 훌륭한 분은 없을 거라고 봅니다. 말수가 적어서 가끔 오만하다는 오해를 사기도 하지만 그분은 정말 속이 따스한 분이랍니다. 소작인들이나 하인들도 그분을 제대로 알고 나면 모두들 칭찬만 하게 되지요."

부인은 다아시 씨의 높은 인품에 대해 칭찬을 늘어놓았다.

"저는 주인나리가 네 살 되던 때부터 죽 모셨지만, 그분에게서 언짢은 소리는 한번도 들어 보지 못했어요."

"그런 주인을 모시다니 운이 좋으십니다."

외삼촌이 감탄한 듯이 말하자, 그녀는 고개를 크게 끄덕였다.

"네, 그렇습니다. 제가 온 세상을 돌아다닌다 해도 더 나은 분을 만날 수는 없을 거예요."

조용히 듣던 엘리자베스는 눈이 휘둥그레졌다. 다아시 씨가 지금까지와는 전혀 다른 느낌으로 다가오는 듯했다.

일행은 일반에게 공개될 수 있는 주택을 다 보고 나서 집을 나왔다. 엘리자베스는 저택을 다시 한 번 더 보기 위해 걸음을 멈추고 돌아섰다.

바로 그때였다. 마구간 쪽으로 난 길에서 그 저택의 주인이 불쑥 나타났다. 바로 다아시 씨가 걸어 나오고 있었다. 엘리자베스와 다아시 씨는 눈이 마주쳤고, 둘의 뺨은 빨갛게 달아올랐다. 둘 다 너무 놀라서 그 자리에 얼음처럼 굳어 버렸다.

그러나 잠시 후에 정신을 차린 다아시 씨는 일행에게 아주 예의 바른 태도로 인사를 건네었다. 가족들의 안부도 정중하게 물어서 엘리자베스는 더욱 당황스러웠다.

지난번에 헤어졌을 때와는 태도가 너무 달랐다. 다아시 씨에게서 평소의 침착함은 찾아볼 수 없었다. 다아시 씨는 더비셔에 언제까지 머물 것인지 자꾸 서둘러서 물어보았다.

그는 잠시 생각이 갈피를 못 잡는 듯 멍하게 서 있다가 겨우 정신을 차리더니 작별 인사를 하고 떠났다.

'아, 세상에서 가장 재수 없고 주책인 일이 생기고 말았어! 내가 이곳에 온 게 다아시 씨에게 얼마나 이상하게 보였겠어?'

엘리자베스는 속으로 부끄럽고 창피해서 견디기가 힘들었다.

일행은 구경을 하다가 다아시 씨와 또다시 마주쳤다. 다아시 씨는 외삼촌 부부에게 아까보다 더 정중하게 대했고 서로 즐겁게 대화를 나누었다.

특히 외삼촌인 가드너 씨와 낚시에 대한 이야기를 나눌 때는 낚시 도구를 빌려 주겠다는 친절한 제안도 했다. 그런 다아시 씨의 모습을 보며 엘리자베스는 기쁨을 느꼈다.

'다아시 씨가 왜 저렇게 달라졌지? 여전히 나를 사랑하는 건 불가능할 거야. 그런데 왜 이렇게 친절하지?'

엘리자베스는 깊은 생각에 잠겼다. 외삼촌 부부가 앞서 걸어가고, 엘리자베스는 다아시 씨와 함께 걷게 되었다.

"다아시 씨가 이곳에 안 계신 줄 알고 왔어요. 정말 계실 줄은 꿈에도 몰랐어요. 알았다면 이곳에 오지 않았을 거예요."

"본래는 내일 오려고 했는데 집사와 상의할 일이 있어서 저 혼자 먼저 왔습니다. 빙리 씨와 그 누이들도 내일 일찍 이곳에 올 겁니다."

다아시 씨는 오히려 자신이 예정보다 빨리 와서 놀라게 한 일이 미안한 듯 말했다.

잠깐 뜸을 들이던 다아시 씨가 결심한 듯이 말을 꺼냈다.

"당신과 알게 되길 무척 바라는 사람이 있습니다. 바로 제 동생 조지애나입니다. 혹시 당신한테 인사를 시켜도 될까요? 너무 지나친 바람인가요?"

"네?"

엘리자베스는 놀라서 눈이 휘둥그레졌다. 하지만 곧 다아시 씨가 원망하는 마음 때문에 자신을 나쁘게 생각하지 않음을 알게 돼서 마음이 놓였다. 엘리자베스는 동생을 소개시켜 주고 싶은 다아시 씨의 마음을 기쁘게 받아들였다.

다음 날 다아시 씨는 조지애나와 함께 여관으로 찾아왔다. 조지애나는 참으로 겸손하고 부드러운 아가씨였다. 엘리자베스는 그녀와 이야기를 나누는 시간이 의외로 즐겁게 느껴졌다.

언제 도착했는지 빙리 씨와 빙리 양도 뒤따라 들어왔다. 엘리자베스는 속으로 퍽 당황했지만 차분하게 그들을 맞아들였다.

시간이 흐른 탓인지 분노는 거의 사라졌고, 유쾌하게 이야기를 나눌 수 있었다. 빙리 씨는 예전처럼 꾸밈없이 진실하게 대했고, 가족들의 안부를 우정 어린 태도로 물었다.

가드너 부부는 조금 떨어진 곳에 앉아서 조심스럽고 세밀하게 그들을 지켜보았다.

빙리 씨는 아쉬움이 담긴 어조로 엘리자베스에게 말했다.

"제인 양을 뵙는 기쁨을 누린 지 정말 오래됐어요. 8개월이 넘었지요. 다 함께 네더필드에서 춤을 추던 11월 26일 후로는 못 만났으니까요."

그의 정확한 기억에 놀란 엘리자베스는 속으로 기뻤다. 아직 빙리 씨가 언니를 잊지 않고 있다는 희망이 생겼기 때문이다.

엘리자베스는 대화 도중에 다아시 씨를 슬쩍 보았다. 그때마다 그는 온화하고 상냥한 표정이었다.

다아시 씨가 사람들을 대하는 말과 행동에서 지난날의 거만하거나 경멸하던 느낌은 전혀 볼 수 없었다.

다아시 씨 일행은 반 시간 넘게 머물다가 떠나려고 일어섰다.

"엘리자베스 양, 떠나시기 전에 꼭 초대하고 싶어요. 펨벌리의 정찬에 와 주시겠어요? 외삼촌 내외분도 함께 와 주시면 정말 기쁘겠어요. 이건 제 오빠의 뜻이기도 해요."

조지애나가 수줍어하면서 초대를 했다.

엘리자베스는 당황해서 고개를 돌려 버렸다. 그러자 외숙모 가드너 부인이 기쁜 마음으로 선뜻 초대에 응했다. 사교적인 외삼촌도 당연히 찬성했다. 날짜는 이틀 후로 정해졌다.

"다아시 씨를 직접 보니 흠잡을 데가 없구나! 그가 부리는 사람들이 그를 칭찬하는 것만 보아도 잘 알 수 있단다. 게다가 또 얼마나 예절 바른지. 전에 네가 그분에 관해 좋지 않게 얘기하기에 걱정했는데 전혀 그렇지 않았어."

외삼촌 부부는 다아시 씨를 좋게 생각했다. 엘리자베스도 그 사실을 확인할 수 있었다. 그곳 사람들 중에 다아시 씨를 나쁘게 말하는 사람은 아무도 없었다.

오히려 위컴 씨의 평판이 좋지 않았다. 엘리자베스는 위컴 씨가 빚을 많이 남긴 채 더비셔를 떠났으며, 나중에 다아시 씨가 그 빚을 다 갚아 주었다는 사실도 알게 되었다.

엘리자베스와 외삼촌 부부는 약속한 날 펨벌리 저택에 도착했다. 현관을 지나 응접실에 들어갔을 때, 다아시 양의 영접을 받았다. 빙리 양과 허스트 부인도 다시 만났다.

허스트 부인은 그저 예의상 아는 체를 했다. 빙리 양도 그녀에게 지극히 형식적인 인사만 했을 뿐이었다.

다 같이 저녁 식사를 하고 차를 마시며 대화를 나누는 동안, 엘리자베스는 빙리 양이 자신을 자세히 관찰하는 것을 느꼈다.

빙리 양은 여전히 엘리자베스를 질투했다. 엘리자베스가 다아시 씨와 나란히 앉아 있거나 대화를 나누면 그녀는 두 사람에게 차가운 눈길을 보냈다.

그러다 다아시 씨가 혼자 있으면 가까이 다가가서 엘리자베스에 관한 험담을 늘어놓았다. 엘리자베스의 몸매와 처신, 옷차림

등을 평가하면서 울분을 풀어냈다.

하지만 다아시 씨는 아무런 반응도 보이지 않았다. 못 들은 체 하거나 자리를 피해 버렸다.

엘리자베스 일행이 돌아가자 빙리 양은 본격적으로 그녀를 비난하기 시작했다.

"저는 한 번도 엘리자베스가 예쁘다고 생각한 적이 없어요. 눈빛이 아주 날카롭고 심술궂은 인상이에요. 주제에 자만심은 있어서 정말 못 봐주겠어요. 오늘 보니 그새 얼굴은 비쩍 말라서 윤기도 없던걸요."

빙리 양은 다아시 씨가 엘리자베스를 좋아하지 않기를 바라며 열을 올려 말했다.

다아시 씨는 더 이상 참을 수 없어서 무뚝뚝하게 대꾸했다.

"예전에도 그랬고, 지금도 내 눈에는 엘리자베스 양이 가장 아름다운 여인으로 보입니다."

다아시 씨는 밖으로 나가 버렸다.

"흠!"

빙리 양은 일그러진 표정으로 비참함을 확인할 뿐이었다.

한편 가드너 부인과 엘리자베스는 돌아오는 길에 많은 대화를 나누었다. 주로 펨벌리 저택을 방문한 동안 있었던 일들에 대한 이야기였다. 하지만 다아시 씨에 대한 이야기는 한 마디도 하지 않았다. 엘리자베스는 외숙모가 다아시 씨를 어떻게 생각하는지 알고 싶었고, 가드너 부인도 조카가 먼저 다아시 씨의 이야기를 꺼냈다면 퍽 좋아했을 것이다. 하지만 두 사람 다 정작 궁금한 이야기는 서로 꺼내지 않았다.

롱본에서 온 편지

랩턴에 처음 도착했을 때부터 엘리자베스는 제인의 편지를 기다렸다. 편지가 오지 않아 무척 실망했는데, 며칠 후에 제인으로부터 편지를 두 통이나 받았다.

편지를 읽어 나가면서 엘리자베스는 큰 충격에 빠졌다. 예전부터 그토록 걱정하고 염려했던 리디아에 관한 일 때문이었다.

엘리자베스, 너에게 아주 중대한 일을 말하지 않을 수가 없구나. 가엾은 리디아에 대한 이야기란다.

어제 포스터 대령이 속달 편지를 보내왔는데, 리디아가 위컴 씨와 함께 스코틀랜드로 도망을 쳤다는구나.

우리들이 얼마나 놀랐을지 한번 상상해 보렴. 다들 너무 놀라서 어쩔 줄 몰라 하고 있어.
우리가 편지를 받고 나서 몇 시간 후에 포스터 대령이 직접 찾아왔단다. 그분은 위컴 씨의 동료인 데니 씨가 한 말을 전해 주었어.
데니 씨 말로는 위컴 씨가 리디아와 결혼할 생각이 없다고 했대. 결혼할 생각도 없으면서 겨우 열여섯 살밖에 안 된 여자애와 도망을 치다니!
게다가 포스터 대령은 위컴이란 사람은 믿을 만한 사람이 못 된다고 분명히 말했단다.
포스터 대령이 여기저기 수소문을 하면서 런던과 하트퍼드셔까지 찾아보았지만 두 사람의 행방은 알아내지 못했대.
아버지는 내일 리디아를 찾으러 런던으로 떠나신대. 아버지가 지금처럼 괴로워하시는 모습은 처음 뵈었어. 어머니는 몸이 너무 안 좋아져서 방에만 누워 계셔. 아, 이럴 때 네가 있으면 얼마나 큰 힘이 될까! 미안하지만 네가 빨리 돌아오면 좋겠다.
이런 위급한 때, 외숙모와 외삼촌의 도움과 충고도 무엇보다 필요하다고 생각해. 외삼촌과 외숙모가 같이 오시면 부모님도 훨씬 힘이 나시지 않을까?

엘리자베스는 편지를 다 읽자 자리에서 벌떡 일어났다.

"외삼촌을 얼른 만나야 해!"

엘리자베스가 급히 문을 막 나서려고 할 때였다. 하인이 문을 열어 주는 순간, 다아시 씨가 들어왔다. 그는 엘리자베스의 창백한 얼굴과 허둥지둥하는 모습을 보고 깜짝 놀랐다.

"실례가 되는 줄 알지만, 전 지금 나가 봐야 해요. 급한 일이 있어서 외삼촌을 빨리 찾아야 해요."

"무슨 일인가요? 제가 도울 일이 있으면 어서 말씀하세요."

다아시 씨의 진심 어린 걱정과 정다운 말투에 엘리자베스는 눈물이 쏟아지고 말았다.

"전 아무 일 없어요. 제인 언니한테서 편지가 왔는데 아주 끔찍한 소식이……."

엘리자베스는 안타까운 표정으로 자신의 곁을 지키는 다아시 씨에게 그 끔찍한 소식을 털어놓았다. 다아시 씨는 너무 놀라서 몸이 뻣뻣하게 굳어지는 듯했다.

엘리자베스는 다아시 씨가 이제 자신을 좋아하지 않을 거라고 생각했다. 리디아가 위컴 씨 같은 사람과 함께 도망쳤다는 사실을 알았으니 더 이상 다아시 씨가 자신에게 예전과 같은 감정일 리가 없었다.

엘리자베스는 속으로 깜짝 놀랐다. 다아시 씨의 청혼을 그토록 냉정하게 거절해 놓고 이제 와서 자신을 사랑하던 그의 마음이 변할까 봐 걱정하다니! 지금에 와서야 엘리자베스는 자신도 모르게 다아시 씨를 사랑하고 있었던 것을 깨달았다.

다아시 씨는 동정심이 가득하지만 여전히 감정이 절제된 목소리로 말했다.

"당신에게 위안이 될 만한 무슨 말이나 행동을 제가 할 수 있었으면 좋겠는데, 진심으로 함께 걱정한다는 것밖에는 아무 힘이 못 되는군요. 오늘 저녁 만찬에 당신을 초대해서 즐거운 시간을 보내고 싶었지만, 그냥 돌아가겠습니다. 당신이 너무 힘들 테니까요."

"아, 감사해요. 이 불행한 사실을 다른 분들한테는 비밀로 해 주세요."

다아시 씨는 비밀을 지키겠다고 굳게 약속했다. 그는 지금 바랄 수 있는 것보다 훨씬 더 좋은 결과가 있기를 바란다는 말을 남기고 돌아갔다.

얼마 후, 가드너 부부가 급히 돌아왔다. 엘리자베스와 함께 짐을 꾸려서 급히 마차에 올랐다. 롱본으로 가는 동안 세 사람은 위컴 씨와 리디아에 관한 이야기를 주고받았다.

"리디아와 위컴 씨가 이렇게 되다니 정말 너무 괴로워요. 리디아가 허영심이 많고 분별력이 없기는 하지만, 제가 미리 위컴 씨에 대해 경고를 했다면 조심했을지도 몰라요. 사실 저는 위컴 씨가 겉모습만 번지르르하지 아주 문제가 많은 사람이라는 걸 알았거든요. 그는 성실하지도 않고 염치도 없는 난봉꾼이에요."

엘리자베스는 몹시 괴로워하며 말했다. 가드너 부부는 하인에게 마차를 더 빨리 몰도록 했다. 그들은 밤을 새워 달려서 이튿날 점심 무렵 롱본에 도착했다.

제인과 엘리자베스는 보자마자 눈물을 글썽거리며 포옹을 나누었다.

"언니, 리디아는 찾았대? 아버지한테서 무슨 소식 없었어?"

제인은 대답 대신 힘없이 고개를 가로저었다.

"그래도 이제 외삼촌이 오셨으니까 다 잘 해결될 거야."

제인의 얼굴은 무척 핼쑥하고 지쳐 보였다. 제인은 외삼촌 부부에게 달려가 미소와 눈물이 뒤섞인 인사를 하면서 고마움을 표현했다.

가드너 부부와 엘리자베스는 베넷 부인이 누워 있는 방으로 갔다. 베넷 부인은 위컴 씨의 나쁜 짓을 마구 욕하며 자신이 얼마나 괴롭고 힘든지 불평했다. 정작 리디아를 잘못 키운 자신의 잘못은 하나도 인식하지 못했다. 베넷 부인은 자신을 제외한 모든 사람들을 비난했다.

"누님, 제가 내일 당장 런던으로 떠날 겁니다. 매형을 만나서 리디아를 찾는 일에 백방으로 나설 거예요. 그러니 너무 걱정하지 마세요. 또 두 사람이 결혼을 하지 않았고, 결혼할 계획이 없다는 것이 확실하기 전까지는 미리 너무 나쁘게만 생각하지 마세요."

가드너 씨가 베넷 부인에게 따뜻한 위로의 말을 건네자, 그녀는 표정이 한결 밝아졌다.

"그래, 바로 그게 내가 가장 원하던 바야. 런던에 가서 어떻게든 그 애들을 찾아내야 해. 두 사람을 결혼시킬 수만 있다면 모든 문제는 저절로 해결된다고. 미안하지만……, 아이고, 난 그저 동생만 믿겠네!"

베넷 부인은 가드너의 손을 잡고 말했다.

"알았어요. 당장 런던으로 가 찾아볼게요."

가드너는 고개를 끄덕이며 말했다.

식당에서 그들은 메리와 키티를 만났다. 메리는 책을 보다 나왔고, 키티는 화장을 하다 나왔다. 둘 다 얼굴이 멀쩡했다. 메리는 식탁에 앉자마자, 심각한 듯이 이렇게 속삭였다.

"이건 정말 불행한 사건이야. 리디아에겐 정말 불행한 일이지만, 덕분에 난 두 가지 교훈을 얻었지 뭐야. 여자는 늘 몸가짐을 조심해야 하고, 잘못된 판단으로 발을 한번 잘못 들여놓으면 끝없는 파멸에 빠진다는 걸 말이야. 여자는 아무 가치 없는 남자를 조심하고 또 조심해야 돼."

엘리자베스는 그 말에 놀라고 어이가 없었다. 그러나 메리는 마치 책을 읽고 나서 얻은 교훈을 자랑삼아 이야기하듯 태연하게 말했다.

오후에 엘리자베스와 제인은 둘만의 시간을 잠시 가질 수 있었다. 두 사람은 이번 사건이 가져올 최악의 결과에 대해 함께 걱정했다.

"두 사람이 도망치기 전에 포스터 대령은 아무 눈치도 못 채셨대?"

"리디아가 위컴 씨를 특히 좋아하는 눈치는 보였대. 그래도 대수롭지 않게 생각하셨대. 그분은 리디아에 관한 나쁜 소문이 퍼질까 봐 굉장히 걱정하셨어. 주의 깊고 친절하신 분이었어."

제인은 위컴 씨에게 진심으로 실망한 듯했다. 웬만해서는 다른 사람을 나쁘게 말하거나 생각하지 않는 그녀도 이번 일로 적지 않은 충격을 받았다.

"엘리자베스, 혹시 말이야……."

제인은 일이 잘 돼서 두 사람이 결혼을 한다고 해도 리디아가 행복하게 살 수 있을지 걱정스럽다고 했다.

"언니, 우리가 위컴 씨에 대해 알고 있는 사실을 미리 말했더라면 이런 일은 생기지 않았을 거야!"

엘리자베스가 괴로워하며 말했다.

"아마 그랬을 거야. 하지만 과거의 잘못을 폭로하는 것은 도리에 어긋나는 일이라고 믿었으니까. 우린 최대한 선의로 처신했던 거였는데 정말 안타깝다!"

제인은 지갑에서 편지 한 통을 꺼내 엘리자베스에게 내밀었다. 그 편지는 리디아가 몰래 떠나기 전에 포스터 대령의 부인에게 남긴 편지였다.

편지를 읽던 엘리자베스는 기가 막혀서 한숨이 저절로 나왔다. 리디아는 위컴 씨를 세상에서 가장 사랑하는 사람이면서 천사라고 불렀다. 또 그와 함께 떠나게 되어 무척 들떠 있었다. 가족들에게 미안하거나 부끄러워하는 기색은 하나도 없었다.

"어쩌면 이렇게 철이 없을까!"

엘리자베스는 화가 나서 큰 소리로 외쳤다. 하지만 괴로워하는 어머니까지 보살피느라 안색이 나빠진 제인을 보며 분노를 가라앉혔다.

다음 날, 외삼촌은 아침 일찍 런던으로 출발했다. 외숙모는 조금이라도 도움이 될지 모른다며 베넷 부인 곁에 며칠 더 머무르겠다고 했다.

외삼촌이 떠난 뒤, 새로운 소식을 알리는 편지가 오기만을 다들 손꼽아 기다렸다.

리디아의 결혼

한편, 메리턴에는 위컴 씨에 관한 나쁜 소문이 돌기 시작했다. 석 달 전까지만 해도 위컴 씨를 마치 빛의 천사처럼 여기며 칭찬하던 사람들이 이제는 그를 헐뜯느라 야단이었다. 그가 메리턴의 거의 모든 상점에 빚을 지고 있으며, 여러 아가씨들을 유혹하려 했다는 사실도 밝혀졌다. 위컴 씨는 세상에서 가장 사악한 사람이라고 입을 모았다.

엘리자베스는 그 소문을 다 믿지는 않았지만, 그것만으로도 리디아에 대한 자신의 판단이 맞았다는 생각이 들었다. 제인마저 이제 희망을 다 잃어버릴 정도였다.

이틀 뒤에 런던에서 외삼촌이 보낸 편지가 도착했다. 편지에는 아직까지 만족할 만한 정보를 전혀 얻지 못했다는 이야기가 적혀 있을 뿐이었다. 베넷 씨는 토요일쯤 롱본으로 돌아갈 거라고 했다.

"불쌍한 리디아를 포기한 채 그냥 돌아온다고? 그럼 누가 위컴을 설득해서 리디아와 결혼시킨단 말이냐?"

베넷 부인은 큰 소리로 화를 냈다. 다른 식구들도 걱정 속에 하루하루를 보내야 했다.

예정대로 베넷 씨는 토요일에 롱본으로 돌아왔다. 베넷 부인을 보살피던 외숙모는 런던으로 돌아갔다.

베넷 씨는 겉보기에는 차분한 모습이었다. 런던에 다녀온 일에 대해서도 거의 입을 열지 않았다. 하지만 엘리자베스는 아버지가 얼마나 고생을 했을지 생각하면 마음이 너무 아팠다.

엘리자베스는 아버지의 서재로 들어가서 위로해 드렸다.

"아버지, 너무 괴로워하지 마세요!"

"아니다, 얘야. 다 내 책임이니 내가 괴로워야지! 네가 전에 한 충고가 그대로 맞아떨어졌구나. 리디아가 브라이턴에 보내달라고 했을 때 말이다. 엘리자베스, 너는 절대 허락하지 말라고 했지. 그때 네 말을 들었어야 했어! 이 사건을 겪으면서 네 생각이 얼마나 깊은지 또 한 번 깨달았다."

진심으로 후회하는 아버지의 모습이 너무나 고통스럽게 보였다. 엘리자베스는 그런 아버지를 보면서 마음이 한없이 무거웠다.

베넷 씨가 돌아온 지 이틀 후였다. 엘리자베스와 제인이 집 뒤의 관목 숲길을 걷고 있을 때였다. 하인으로부터 외삼촌이 보낸 편지가 도착했다는 소식을 듣고 정신없이 집으로 달려왔다.

베넷 씨가 다 읽은 편지를 건네주면서 두 딸에게 읽어 보라고 했다.

존경하는 매형께

드디어 조카 리디아에 관해 소식다운 소식을 전해 드리게 되었습니다. 매형께서도 어느 정도 만족하실 만한 것이라고 봅니다.

저는 두 사람을 만나 보았습니다. 아직 결혼할 생각은 없는 듯했습니다. 하지만 매형이 나중에 5,000파운드의 유산을 물려주고, 매년 100파운드를 주실 거라고 약속하시면 순순히 결혼에 응할 것 같습니다. 그러니 매형이 약속을 지키겠다는 답장을 보내 주십시오.

또 소문과 달리 위컴 군에게는 어느 정도 돈이 있는 모양이니 절망할 정도는 아닙니다. 빚을 다 갚고도 돈은 남는다고 합니다. 매형이 저를 믿고 허락하시면, 제가 모든 일을 처리하겠습니다.

리디아는 오늘 저희 집으로 올 것이며, 앞으로 진행되는 일은 다시 편지로 알려 드리겠습니다.

편지를 읽고 나서 엘리자베스와 제인은 깜짝 놀랐지만, 두 사람이 결혼을 한다니 최악의 사태는 피했다고 생각했다.

"아, 아버지! 축하드려요."

제인이 안도의 한숨을 내쉬며 말했다.

"그래, 두 사람은 결혼해야지. 달리 도리가 없으니까."

베넷 씨는 고개를 크게 끄덕였다. 그래도 뭔가 걱정스러운 듯 착잡한 표정이었다.

"아버지, 무슨 걱정이 또 있으세요?"

엘리자베스가 묻자, 베넷 씨는 속마음을 털어놓았다.

"다행히 일은 잘 처리된 것 같구나. 하지만 너희 외삼촌이 이번 일로 꽤 많은 돈을 썼을 거라고 생각하니 미안해서 어떻게 해야 할지 모르겠다. 앞으로 그 빚을 어떻게 갚아 나갈지 마음이 무겁구나!"

"돈이라고요? 외삼촌이 돈을 쓰셨다고요?"

제인이 놀라서 소리를 질렀다.

"위컴이 고작 5,000파운드의 유산과 매년 100파운드씩을 준다는 말에 결혼을 승낙했을 것 같니? 틀림없이 너희 외삼촌이 나서서 돈을 많이 주고, 빚도 몽땅 갚아 주었을 거다."

엘리자베스는 그제야 아버지의 표정이 어두웠던 까닭을 알 수 있었다.

"아하! 외삼촌이 하신 일이 맞아요. 빈털터리가 되었다는 위컴 씨가 빚을 다 갚고도 돈이 남는다는 건 있을 수 없는 일이에요. 외삼촌은 너그러우시고 참 훌륭한 분이에요. 외삼촌이 돈을 너무 많이 쓰셨을까 봐 저도 걱정이에요."

베넷 씨는 다른 방법이 없기 때문에 외삼촌한테 모든 일을 맡긴다는 답장을 쓰기 시작했다.

엘리자베스와 제인은 아버지한테 허락을 받고 어머니한테 이 소식을 전하기 위해 방으로 찾아갔다. 편지를 다 읽어 주자, 베넷 부인은 기뻐서 어쩔 줄 몰라 했다. 그녀는 방금 전까지 침대에 누워 앓던 사람 같지가 않았다.

"너무너무 사랑스런 우리 리디아! 그 애가 결혼을 하게 되다니 정말 잘됐어! 드디어 나도 딸을 결혼시키게 됐구나. 우리 리디아와 위컴을 빨리 보고 싶어! 아, 결혼 의상은 어떻게 하지? 가드너 올케한테 바로 편지를 보내야겠어."

베넷 부인은 황홀경에 빠져서 정신을 못 차렸다. 제인이 나서서 외삼촌이 많은 돈을 쓴 덕분이라고 설명했지만 그녀는 잘한 일이라고 소리쳤다. 조카를 위해 당연히 할 일을 한 거라며 태연스러웠다. 그녀는 당장 밖으로 나가서 세상 사람들한테 리디아가 결혼하게 된 사실을 자랑하고 싶어 했다.

엘리자베스는 리디아의 불쌍한 처지가 좋을 것이 하나도 없지만 그래도 더 나빠지지 않아서 다행이라고 여겼다. 리디아의 결혼이 자랑할 만한 일은 아니지만 더 큰 불행을 막은 것만으로도 감사했다.

리디아의 결혼 소식은 순식간에 퍼져 나갔다. 하지만 사람들은 대부분 시큰둥하게 받아들였다. 두 사람이 결혼해 봤자 그런 남편이라면 불행해지기 십상이라고 여겼기 때문이다.

오로지 베넷 부인만 기운이 펄펄 넘쳐흘렀다. 의기양양해서 근사한 결혼식이 되기만을 바라고 있었다. 그녀는 리디아가 위컴과 달아나서 결혼도 하기 전에 보름이나 같이 지냈다는 사실은 다 잊어버렸다. 오히려 딸이 결혼식 때 별로 아름답지 않은 드레스를 입을까 봐 더 신경을 썼다.

엘리자베스는 리디아의 일이 어느 정도 마무리되자, 다아시 씨가 마음에 걸리기 시작했다. 너무 놀라고 슬퍼서 순간적으로 다아시 씨에게 리디아에 대한 일을 알려 준 게 후회스러웠다.

다아시 씨가 자신의 가족들에게 실망해서 더 이상 호의를 보이지 않을 거라는 확신이 들었다. 그녀는 초라한 심정이 되었고 슬퍼졌다.

"다아시 씨가 나에게 가장 좋은 상대라는 걸 이제야 깨닫다니!"

엘리자베스는 아쉬움을 느끼면서 혼잣말을 중얼거렸다.

며칠 후, 외삼촌이 보낸 답장이 도착했다. 외삼촌은 자기가 돈을 얼마나 썼는가 하는 말은 다시는 꺼내지 말라고 부탁했다. 또 위컴이 지금 있는 민병대를 떠나서 북부에 있는 부대의 장교로 갈 예정이라고 알려 주었다.

외삼촌은 두 사람이 결혼식을 하고 새 부대로 떠나기 전에 롱본에 초대하는 것이 어떠냐고 권했다. 리디아가 가족들을 무척 보고 싶어 한다는 소식도 곁들여 전해 주었다.

하지만 베넷 씨는 단호하게 거절했다. 두 사람을 만나고 싶어 하지 않았다. 엘리자베스와 제인이 나서서 아버지를 설득했다.

"아버지, 제발 두 사람을 초대해 주세요. 리디아의 장래를 위해서 부모님께 결혼 인사는 드려야 하잖아요. 어차피 이렇게 된 이상 리디아와 위컴이 가족들의 축복을 받는다는 걸 알게 해 주세요."

두 딸이 부드럽고 간곡하게 조르는 바람에 베넷 씨는 승낙하고 말았다. 베넷 부인은 이웃 사람들에게 결혼한 딸을 보여 주게 되어 무척 흡족해했다.

마침내 결혼식을 마친 두 사람이 롱본에 도착했다. 베넷 씨는 근엄한 표정을 지었고 딸들은 긴장하고 불편한 듯 보였다. 오직 베넷 부인만 싱글벙글 웃었다. 베넷 부인은 리디아와 위컴 씨를 보자마자 껴안고 열렬히 환영했다.

위컴 씨와 리디아는 전혀 미안하거나 부끄러운 기색이 없었다. 아무렇지 않은 듯 베넷 씨에게 인사를 했고, 다른 식구들 앞에서도 스스럼이 없었다.

엘리자베스는 비위가 상했고 제인조차 충격을 받았다. 리디아는 여전한 모습이었다. 함부로 굴고, 시끄럽고, 겁이 없었다. 이 언니, 저 언니에게 자신을 축하해 달라고 졸랐다.

위컴 씨도 리디아와 마찬가지였다. 여전히 미소를 지으며 기분이 좋은 듯했다. 엘리자베스와 제인은 위컴 씨의 뻔뻔스러움에 질렸다.

"아참! 엄마, 다른 사람들도 내가 결혼한 걸 알아요? 얼른 사람들한테 알리고 축하를 받아야 할 텐데. 그리고 큰언니, 이제부터는 내가 언니 자리를 차지할 거야. 난 결혼했으니까 언니보다 어른이잖아!"

리디아는 쉬지 않고 떠들어 댔다.

"아이, 좋아라! 엄마, 위컴을 어떻게 생각해요? 매력 있는 남자라고 생각하죠? 맞아요, 내가 위컴과 결혼한 건 정말 큰 행운이야. 언니들이 날 너무너무 부러워할걸. 언니들도 브라이턴에 가 봐. 남편감 얻는 곳으로는 최고니까."

리디아가 도착한 지 얼마 안 된 어느 날 아침이었다. 리디아는 언니들과 함께 앉아 있다가 불쑥 말을 꺼냈다.

"내 결혼식 이야기 궁금하지 않아? 난 꼭 말해 주어야겠어."

이야기를 하던 중에 엘리자베스의 귀를 번쩍 뜨이게 하는 말이 나왔다.

"이건 정말 비밀인데, 언니들한테만 알려 줄게. 사실, 내 결혼식에 다아시 씨가 왔었어."

"다아시 씨가?"

엘리자베스는 제 귀를 의심할 정도로 깜짝 놀랐다.

"그게 비밀이라면 더 이상 말하지 마. 물어보지 않을 테니까."

제인이 단호하게 말하는 바람에 엘리자베스는 잠자코 있었다.

"고마워. 언니들이 물어보면 난 다 말해 버릴 테고, 그럼 위컴이 화를 낼 거야."

엘리자베스는 더 자세한 사정을 알고 싶은 마음을 억누르기 위해 그 자리를 피했다.

다아시 씨가 동생의 결혼식에 왔었다니! 어떻게 생각해야 할지 판단이 서지 않았다. 뭔가 자신이 모르는 일이 있는 것 같았지만 그게 무엇인지 도저히 알 수 없었다.

엘리자베스는 외숙모에게 편지를 써서 그 사실을 물어보기로 했다.

외숙모님은 저를 이해해 주시겠지요? 다아시 씨가 그 자리에 어떻게 해서 끼게 되었는지 무척 궁금해요. 바로 답장해 주세요. 리디아가 비밀로 해 달라고 하던데요. 혹시 꼭 비밀로 해야 되는 일이라면 모르는 체 넘어가도록 노력해야겠죠.

엘리자베스는 편지를 다 쓰고 나서 혼잣말을 했다.

'외숙모가 체면을 지킨다고 말씀해 주지 않으신다면, 저는 어떻게든 직접 알아내고 말 거예요.'

다시 만난 두 사람

외숙모는 당장 답장을 보내 주었다. 엘리자베스는 답장을 손에 넣자마자, 사람이 없는 작은 숲속의 벤치를 찾아갔다. 벤치에 앉아 떨리는 마음으로 편지를 읽어 나갔다.

사랑하는 조카 엘리자베스에게

네 편지를 받고 솔직히 놀랐단다. 너에게 모든 사실을 알려 주어야 하는지 외삼촌께 여쭈었더니 차라리 잘되었다고 하시는구나. 외삼촌은 오히려 마음이 홀가분해지신 것 같아.

내가 롱본에서 돌아오던 날, 다아시 씨가 찾아왔단다. 그분은 우리가 더비셔를 떠난 바로 다음 날, 두 사람을 찾으러 런던으로 갔대.

다아시 씨는 위컴이 얼마나 무가치한 사람인지 잘 알면서도 미리 알리지 않아 그런 문제가 생겼다고 하더라. 다 자기 탓이라고 생각해서 직접 나섰던 거야.

다아시 씨는 위컴이 잘 아는 부인을 찾아가 그가 있는 곳을 알아냈나 봐. 그런 다음 리디아를 설득해서 어떻게든 롱본으로 돌아가게 하려고 했는데, 리디아가 죽어도 위컴과 헤어질 수 없다고 했단다.

그래서 다아시 씨는 두 사람을 결혼시키는 게 최선이라 생각하고 일을 진행시킨 거였어. 위컴의 빚을 모두 갚아 주고, 두 사람이 같이 사는 데 필요한 돈도 마련해 주었단다. 위컴을 위해서 큰돈을 주고 새 장교직까지 마련해 주었어.

너희 가족들이 외삼촌이 했다고 생각하는 그 모든 일은 다 다아시 씨가 한 일이었어. 다아시 씨의 간곡한 부탁에 못 이겨 외삼촌이 다 한 것으로 말했던 거야.

엘리자베스, 난 다아시 씨를 정말 좋아하게 됐어. 그분의 판단력과 견해들이 다 마음에 들어. 말이 별로 없는 것만 빼고는 흠잡을 데가 없는 사람이란다. 그분은 네 이름은 거의 입 밖에 내지도 않더구나. 참 능청스러운 분이지 뭐니! 하긴 요즘은 능청스러운 것도 유행인 것 같다만.

외숙모의 편지를 다 읽은 엘리자베스는 마음이 설렜다. 기쁘면서도 한편으로는 보답할 수 없는 사람에게 큰 은혜를 입었다는 사실이 정말 고통스러웠다.

'아, 정말 너무나 죄송해요!'

엘리자베스는 지난날 다아시 씨에게 품었던 나쁜 감정과 함부로 내뱉었던 무례한 말들이 어느 때보다도 죄스럽게 느껴졌다.

며칠 뒤에 위컴 씨와 리디아는 떠났다. 리디아가 떠나자 베넷 부인은 며칠 동안 울적했다.

그러나 새로운 소식이 들려오자 그녀의 마음은 희망으로 요동치기 시작했다. 빙리 씨가 다아시 씨와 함께 네더필드로 돌아왔다는 소식이었다.

베넷 부인은 빙리 씨와 제인의 관계가 다시 회복될지도 모른다는 희망에 부풀어서 기뻐했다. 하지만 빙리 씨가 돌아왔다는 소식을 들은 제인은 긴장하고 불안에 떨었다.

엘리자베스도 생각이 복잡했다. 다아시 씨가 빙리 씨와 함께 온 것을 어떻게 해석해야 할지 알 수 없었다.

'다아시 씨가 이제는 빙리 씨와 언니 사이를 반대하지 않는 걸까? 아니면 그저 다른 볼일이 있어서 들르는 걸까? 혹시 나를 보고 싶어서 오는 건 아니겠지?'

엘리자베스는 머릿속이 어지러웠다. 제인도 침착하지 못한 모습으로 하루 종일 집 안을 서성거렸다.

다음 날, 빙리 씨와 다아시 씨가 롱본을 방문했다. 베넷 부인의 기쁨은 이루 말할 수 없었다.

두 사람이 스스로 찾아온 것을 보고 엘리자베스는 무척 놀랐다. 다아시 씨를 보는 순간 그녀는 기뻐서 눈빛이 반짝였다. 아주 짧은 순간이지만 다아시 씨의 얼굴에도 반가움과 따스함이 스쳐 갔다.

빙리 씨는 친절하고 상냥하게 베넷 씨 가족들과 인사를 나누었고, 다아시 씨도 평소처럼 진지하고 조용히 앉아 있었다. 더비셔에서처럼 다정한 모습은 찾아볼 수 없었다.

엘리자베스는 이따금 다아시 씨를 곁눈질로 보면서 생각했다.

'다아시 씨에게 고맙다는 말을 해야 하는 게 아닐까? 하지만 내가 리디아 일을 전혀 모르는 줄 알 텐데……. 아, 먼저 이야기를 꺼낼 수도 없겠어!'

베넷 부인은 오로지 빙리 씨에게만 친절을 넘치게 베풀었다. 그녀는 여전히 다아시 씨에게는 차갑게 대했다. 엘리자베스는 그런 어머니의 모습을 보면서 마음이 무척 아팠다.

빙리 씨는 제인을 보자마자 관심이 점점 뜨거워지는 것 같았

다. 여전히 아름답고 상냥한 제인에게 감동을 받은 눈치였다. 제인은 겉으로 담담하게 보이려고 무척 애를 썼다. 엘리자베스는 그런 두 사람의 모습을 계속 살펴보았다.

빙리 씨와 다아시 씨가 자리에서 일어서자, 베넷 부인은 기다렸다는 듯이 말했다.

"빙리 씨, 저한테 빚지신 게 있어요. 작년 겨울에 런던으로 떠나시면서 약속했잖아요. 다시 돌아오면 우리 집에서 저녁 식사를 같이 하기로요. 돌아오지도 않고 약속도 지키지 않아서 무척 실망했답니다."

"아, 그랬죠. 그때는 정말 죄송했습니다. 뜻밖의 일이 생겨서 그렇게 되었습니다."

빙리 씨는 몹시 미안해하면서 돌아갔다.

베넷 부인은 화요일에 와 달라고 했고, 그는 즐거운 듯이 기꺼이 승낙했다.

두 사람이 돌아간 뒤 엘리자베스는 혼자 씁쓸히 생각에 잠겼다.

'다아시 씨는 도대체 왜 왔을까? 입을 다물고 가만히 있다가 돌아갔잖아. 정말 골치 아픈 사람이야. 이제 그 사람에 대해서 생각하지 말아야지. 하긴 어쩌면 나한테 실망해서 그런 건지도

몰라!'

화요일에 롱본에는 많은 사람들이 모였다. 빙리 씨와 다아시 씨도 약속한 시간에 찾아왔다. 빙리 씨는 제인을 보자마자 곁으로 다가갔다.

제인은 빙리 씨와 정답게 이야기를 나누고, 사람들과 어울려 춤을 추면서 즐거운 시간을 보냈다.

하지만 엘리자베스는 여전히 차가운 표정으로 서 있는 다아시 씨에게 조지애나의 안부를 몇 마디 물어본 것이 고작이었다.

파티가 끝났을 때도 제인은 무척 들떠 있었고, 베넷 부인은 그녀보다 더 희망에 부풀었다.

"제인, 네가 오늘처럼 아름답게 보인 적이 없구나! 빙리 씨가 널 보는 눈이 예전하고 하나도 달라지지 않았어."

"어머니, 빙리 씨랑 저는 이제 편한 친구일 뿐이에요."

엘리자베스는 그렇게 말하는 언니가 부러웠다. 다아시 씨의 냉정한 모습에서는 자신에 대한 어떤 감정도 더 이상 느껴지지 않았기 때문이다. 그녀는 속으로 미련을 버려야겠다고 마음을 먹었다.

며칠 후에 빙리 씨가 다시 방문했는데 이번에는 혼자였다. 다아시 씨는 런던으로 떠나서 열흘 후에 돌아온다고 했다. 그는 한 시간 정도 머물었는데, 아주 기분이 좋은 듯했다.

"빙리 씨, 내일도 놀러 오실래요?"

베넷 부인의 초대에 빙리 씨는 시원하게 승낙을 하고 돌아갔다.

다음 날, 빙리 씨는 여자들이 아직 옷을 갈아입기도 전에 찾아왔다. 베넷 부인은 허둥거리며 제인을 재촉했다. 제인은 급히 빙리 씨를 맞이하러 내려갔다.

베넷 부인은 두 사람만의 시간을 마련해 주기 위해서 다른 식구들을 밖으로 데리고 나갔다.

제인은 난처해서 엘리자베스를 바라보았다. 엘리자베스는 제인을 위해 옆에 있어 주고 싶었지만 베넷 부인이 눈짓을 했기 때문에 밖으로 따라 나가야만 했다.

그날 이후, 빙리 씨는 거의 매일 오전에 롱본을 방문했다. 그가 한결같이 신사답고 훌륭한 태도를 보이자 베넷 씨도 서서히 그에게 좋은 감정을 갖게 되었다. 물론 베넷 부인이 기뻐한 것은 두말할 나위도 없었다.

그러던 어느 날이었다. 그날도 베넷 부인은 두 사람을 응접실에 남겨 놓고 모두 밖으로 나가도록 했다. 엘리자베스는 2층 방에서 편지를 쓰다가 아래층으로 내려갔다.

빙리 씨가 제인에게 갑자기 몇 마디 소곤거리더니 황급히 방 밖으로 나갔다.

그러자 놀랍게도 제인이 흥분해서 어쩔 줄 몰랐다. 다가오는 엘리자베스를 와락 껴안으며 말했다.

"아, 정말정말 행복해! 너무나 벅차! 엘리자베스, 방금 빙리 씨가 청혼을 했단다. 그분은 아버지께 허락을 받으려고 서재로 들어갔어."

"와아! 그게 정말이야? 언니, 정말 잘됐어. 축하해!"

엘리자베스는 뜨겁고 기쁨에 찬 축하 인사를 건넸다. 그리고 잠시 후, 서재에서 나온 빙리 씨에게도 정말 기쁘다고 솔직하게 말했다.

가족 모두에게 아주 특별하고 기쁜 저녁이었다. 제인은 얼굴에서 광채가 날 만큼 달콤하고 행복해 보였다.

"제인, 참으로 축하한다. 넌 아주 현명하고 행복한 아내가 될 거야!"

베넷 씨는 제인에게 다정하고 친절하게 말했다.

제인은 아버지의 뺨에 입을 맞추며 감사 인사를 대신했다.

다음 날부터 빙리 씨는 특별한 약속이 없는 한 매일 롱본에 찾아왔다. 아침 식사 전에 오는 일도 자주 있었고, 저녁 식사 후까지 머물다 돌아갔다.

곧 동네에 두 사람이 약혼했다는 소식이 퍼졌다. 베넷 부인의 동생이 자랑을 마구 한 덕분에 메리턴 사람들까지 모두 알게 되었다.

리디아 일로 얼마 전까지만 해도 베넷 씨 집안 이야기만 나오면 불운하다며 혀를 차던 사람들이 금세 돌변했다. 베넷 씨 집안이야말로 제일 복 받은 집안이라고 부러워했다.

드디어 사랑을 확인하다

그로부터 일주일이 지나서였다. 뜻밖의 손님이 이른 아침에 찾아왔다. 네 마리의 말이 끄는 마차를 타고 달려온 사람은 놀랍게도 캐서린 드 버그 영부인이었다.

엘리자베스는 깜짝 놀라 캐서린 영부인을 맞이했다. 캐서린 영부인이 지체 높은 분임을 알게 된 베넷 부인은 아주 공손하게 인사를 했다.

"베넷 양, 정원을 같이 둘러보고 싶구나!"

캐서린 영부인은 오만한 태도로 엘리자베스를 보았다. 엘리자베스는 부인을 안내해서 밖으로 나갔다. 캐서린 영부인의 태도가 평소보다 더 무례하고 불쾌하게 느껴졌기 때문에 엘리자베스는 일부러 말을 걸고 싶지 않았다.

“베넷 양, 내가 왜 이곳을 찾아왔는지 그 이유는 알겠지?”

캐서린 영부인의 가시 돋친 말투에 엘리자베스는 어리둥절했다.

“아뇨, 저는 모르겠습니다.”

캐서린 영부인은 화가 잔뜩 난 목소리로 말했다.

“베넷 양, 잘 알아 둬요. 나를 절대 만만하게 보아서는 안 된다는 것을. 이틀 전에 아주 놀라운 소식이 들리더군. 당신 언니가 운 좋게도 빙리 군과 결혼을 하게 되었을 뿐 아니라, 당신도 내 조카 다아시와 곧 맺어질 거라는 이야기를 들었지. 이것이 헛소문인 줄 알면서도 그냥 듣고 넘어갈 수가 없더군. 그런 소문 자체가 내 조카를 얼마나 욕되게 하는 일인지 알려 주고 싶었어. 그래서 직접 베넷 양을 만나 내 기분이 어떤지 솔직하게 밝히고 진실 여부를 확인해야겠다고 결심했지.”

엘리자베스는 놀라움과 모욕감을 동시에 느꼈다.

“그 소식이 헛소문이라고 믿으셨다면, 왜 이 먼 곳까지 오는 수고를 하셨는지 이해할 수가 없군요.”

“그 소문이 얼마나 터무니없는 것인지 알려 주고 싶어서 왔지. 베넷 양이 혹시 온갖 교활한 기술을 동원해서 우리 조카를 유혹

했다면 말이야. 다아시는 얼이 빠져서 자기 자신과 가문에 대한 의무를 잊어버릴 수도 있겠지. 하지만 혹시라도 베넷 양이 정말 다아시와 결혼할 욕심을 낸다면 내가 가만있지 않을 거야. 다아시랑 내 딸의 약혼은 특별한 경우야. 그 애들이 어렸을 때부터 약혼이 되어 있다는 말도 듣지 못했나? 두 사람의 약혼은 내 소망이기도 했고, 다아시 어머니의 소망이기도 했어. 그런데 이제 막 나의 소망이 실현되려는 순간에 천한 가문의 사회적 지위도 없는 여자가 나타나서 방해하다니! 내가 어떻게 가만있겠어? 다아시의 가족들과 내 기분이 어떨지 충분히 알겠지?"

엘리자베스는 그녀의 오만한 말투를 더 이상 참을 수 없어 눈을 똑바로 뜨고 대답했다.

"저도 두 사람 이야기는 전에 들었습니다. 그런데 그게 저와 무슨 상관이죠? 부인께서는 당사자인 다아시 씨와 이야기를 하셔야 되지 않나요? 누구와 결혼할지는 어디까지나 그분이 결정하실 일이니까요. 그리고 만약에 다아시 씨가 명예로나 애정으로나 따님한테 매여 있지 않다면 다른 선택을 할 수도 있겠지요? 만약 다아시 씨가 저에게 청혼을 한다면 왜 제가 받아들이지 않아야 하는지 모르겠군요."

"이런, 아주 고약하고 뻔뻔한 아가씨로군! 가문도, 친척도, 재산도 보잘것없는 젊은 여자가 튀어나와 어디서 건방을 떨고 있어."

캐서린 영부인은 사납게 소리를 질렀다.

하지만 엘리자베스는 주눅 들지 않고 침착하게 말했다.

"영부인, 다아시 씨는 신사고, 저도 신사의 딸입니다. 그점에서 우린 동등해요."

"여러 소리 할 것 없어. 다아시랑 약혼을 했나?"

"안 했습니다."

캐서린 영부인은 활짝 웃으면서 말했다.

"그럼 다아시가 혹시 청혼을 하더라도 거절해 주겠어?"

"그런 약속은 드릴 수 없습니다. 저는 협박을 당한다고 해서 이치에 닿지 않는 일을 받아들이는 사람이 아니에요. 다아시 씨가 저를 사랑한다면 제가 청혼을 거절한다고 해서 따님께 청혼하고 싶어지겠어요? 그러니 이제 제 마음을 다 아셨으면 그만 돌아가 주세요."

"좋아, 내 말을 안 듣겠다 그거군. 두고 봐! 내가 두 사람이 결혼하도록 내버려 둘 거라고 착각하진 않겠지? 베넷 양, 난 작별 인사는 하지 않겠어. 모친한테도 인사 차리지 않을 거야. 자네들은 대접받을 가치가 없는 사람들이니까!"

캐서린 영부인은 냉정하게 쏘아붙이고는 마차에 올라탔다.

엘리자베스는 묵묵히 집으로 돌아왔다. 그녀는 층계를 올라가면서 마차가 달려 나가는 소리를 들었다. 베넷 부인은 초조한 모습으로 엘리자베스를 맞았다.

"영부인께서는 왜 그냥 가셨니? 다시 오셔서 쉬었다 가시면 좋았을 텐데."

베넷 부인은 작별 인사를 제대로 못 했다고 안타까워했다.

"그러고 싶지 않으셨나 봐요. 그냥 가겠다고 하던걸요."

"캐서린 영부인은 아주 멋지고 품위도 있더구나. 그런 분이 여기까지 방문해 주시다니 참 친절도 하시지! 그래, 너한테 무슨 말씀을 하셨니? 콜린스 씨 내외가 잘 지낸다는 안부를 전해 주러 오신 걸 테지?"

"네, 별다른 용건은 없으셨어요."

엘리자베스는 약간의 거짓말을 할 수밖에 없었다.

캐서린 영부인의 방문은 엘리자베스에게 혼란을 일으켰다. 그녀는 마음의 안정을 찾기 위해 조용히 혼자 있었다. 도대체 캐서린 영부인이 자신과 다아시 씨가 결혼한다는 소문을 어디에서 들었는지 알 수가 없었다.

'부인은 틀림없이 다아시 씨한테도 나쁜 말들을 했을 거야. 집안이 훨씬 처지는 사람과 결혼하면 얼마나 불행해지는지를 말이야. 다아시 씨는 무슨 생각을 했을까? 아, 그분이 정말 나와 결혼할 생각을 지금도 하는 걸까?'

엘리자베스는 여전히 혼란스러웠지만 다행히 식구들은 아무 눈치도 채지 못했다.

다음 날 아침이었다. 베넷 씨가 엘리자베스를 서재로 불렀다.

"엘리자베스, 오늘 아침에 이 편지를 받고 너무 놀랐다. 콜린스 씨가 보내온 건데 너하고 관계되는 일이더구나."

"콜린스 씨라고요? 그 사람이 저에 관해 무슨 할 말이 있을까요?"

엘리자베스는 캐서린 부인이 보낸 편지가 아니라는 데 마음을 놓으며 물었다.

베넷 씨는 편지의 한 부분을 소리 내어 읽어 주었다.

먼저 귀댁의 경사를 진심으로 축하드립니다. 큰따님이 빙리 씨처럼 훌륭한 남자와 결혼을 하게 되었다니 아내도 무척 기뻐합니다. 또 한 가지 말씀드릴 게 있습니다. 엘리자베스 양이 아주 대단한 분과 결혼할 거라는 소문이 들립니다. 그분은 이 나라에서도 으뜸가는 인물 가운데 한 분이지요. 굉장한 재산, 고귀한 친척, 게다가 목사 추천권까지 가졌으니까요.

다아시 씨야말로 누구나 탐낼 만한 신랑감입니다. 하지만 그분의 청혼을 경솔하게 받아들이시면 절대로 안 됩니다. 캐서린 영부인이 결코 허락하지 않으실 것입니다.

콜린스 씨는 그토록 존경해 마지않는 캐서린 영부인의 원망을 사게 될까 봐 걱정하고 있음이 역력했다. 베넷 씨는 너무나 어처구니없다는 듯이 말했다.

"정말 기가 막히는구나! 너는 다아시 씨를 벌레보다 더 싫어하고, 다아시 씨도 너한테 아무 관심도 없는데 말이다. 도대체 어떻게 너와 다아시 씨가 결혼한다는 소문이 났단 말이냐?"

이 질문에 대한 대답으로 엘리자베스는 조용히 웃기만 했다. 속으로는 울어도 시원치 않았지만 웃을 수밖에 없었다. 지금으로서는 어떤 말도 할 수가 없었다.

캐서린 영부인이 다녀간 지 며칠 뒤였다. 빙리 씨가 다아시 씨와 함께 아침 일찍 롱본으로 왔다. 엘리자베스는 베넷 부인이 다아시 씨에게 그의 이모가 찾아왔었다는 이야기를 할까 봐 잠시 불안한 마음으로 앉아 있었다.

그럴 새도 없이 빙리 씨가 제인과 단둘이 있고 싶어서 산책을 나가자고 했다. 다른 사람들도 함께 산책을 나가게 되었다. 엘리자베스는 다아시 씨와 단둘이 걸어갈 기회가 오자, 용기를 내어 말했다.

"다아시 씨, 보잘것없는 제 동생을 위해 다시없는 친절을 베풀어 주신 일에 정말 감사드립니다. 당신이 리디아를 위해서 한 일을 다 알아요. 외숙모가 당신과 약속을 깨고 먼저 말씀해 주신 게 아니에요. 리디아가 경솔하게 먼저 말을 꺼내서 알게 되었어요. 다른 가족들은 아직 전혀 모르기 때문에 당신에게 감사 인사를 드리지 않은 거예요. 제가 대신 인사를 드릴게요. 진심으로 고맙습니다!"

다아시 씨는 처음엔 놀라는 듯했지만 곧 무척 기뻐하는 표정이 되었다.

"당신을 행복하게 해 드리고 싶어서 한 일입니다. 그러니 당신의 가족은 제게 빚진 것이 없습니다. 제게 고마워하시려면 혼자만 해 주세요."

엘리자베스는 그 말에 무척 당황해서 어떤 말도 할 수 없었다. 다아시 씨는 잠시 침묵을 지켰다가 마침내 입을 열었다.

"제 말을 진지하게 들어 주십시오. 베넷 양, 제 마음은 지난봄에 청혼했을 때와 조금도 달라지지 않았습니다. 저는 여전히 당

신을 사랑합니다. 저와 결혼해 주십시오. 만약 당신이 이번에도 거절하신다면 영원히 당신 곁을 떠나도록 하겠습니다."

그는 평소와 달리 긴장하고 아주 어색한 모습이었다.

"제가 지금 얼마나 감사하고 기쁜지 아시나요? 저는 당신이 얼마나 훌륭한 분인지 이제 잘 알아요. 당신의 청혼을 정말 기쁘게 받아들입니다!"

엘리자베스의 진심 어린 대답에 다아시 씨의 얼굴은 기쁨으로 환하게 빛났다.

엘리자베스는 다아시 씨와 많은 이야기를 나누었다. 그리고 자신이 두 번째 청혼을 받게 된 데는 캐서린 영부인이 중요한 역할을 했다는 것도 알게 되었다.

캐서린 영부인은 롱본에서 돌아가는 길에 런던에 들러 다아시 씨와 만났다고 했다. 그녀는 다아시 씨에게 엘리자베스에 관한 비난과 험담을 줄줄이 늘어놓았는데 오히려 그것이 다아시 씨의 마음을 움직였다.

"당신은 나와 결혼할 생각이 없다는 말을 끝까지 하지 않았다고 했어요. 그 말을 들은 저는 당신한테 희망이 생겼습니다. 아직도 당신이 저를 싫어한다면 솔직히 말할 성격이라는 걸 잘 아니까요. 얼마 전에 빙리와 같이 롱본에 왔을 때도 당신의 마음이 어떤지 알 수 없어서 우두커니 있다가 돌아갔던 겁니다.”

다아시 씨는 또 그녀가 궁금해하던 이야기를 들려주었다. 이번에 빙리 씨와 제인이 다시 만났을 때 두 사람이 진심으로 서로를 사랑한다는 것을 깨달았다고 했다.

그래서 빙리 씨에게 사랑을 꼭 이루기 바란다는 충고를 한 뒤에 런던으로 떠났던 것이다.

엘리자베스는 다아시 씨를 기쁨이 넘치는 사랑스러운 눈빛으로 올려다보았다.

롱본가에 찾아온 행복

"엘리자베스, 도대체 어디에 갔다 온 거야? 네가 보이지 않아서 한참 찾아다녔어."

엘리자베스가 집으로 돌아오자마자 제인이 물었다. 빙리 씨와 다른 식구들도 같은 질문을 했다.

"다아시 씨와 같이 돌아다니다 보니 시간 가는 줄 몰랐어."

엘리자베스는 얼굴이 살짝 빨개졌다. 하지만 아무도 수상쩍게 여기는 사람은 없었다.

그날 저녁은 조용하고 평화로웠다. 공인된 연인들인 제인과 빙리 씨는 서로 마주 보며 기분 좋게 웃었고, 공인되지 않은 연인들인 엘리자베스와 다아시 씨는 침묵을 지켰다.

엘리자베스는 아직도 마음이 혼란스러웠다. 자신이 행복한 것은 사실이지만 제대로 실감이 나지 않았다. 앞으로 닥쳐올 상황들에 대한 불안한 마음도 컸다. 제인 말고는 가족들이 다아시 씨를 좋아하지 않기 때문이었다.

그날 밤, 엘리자베스는 제인에게 다아시 씨와의 일을 털어놓았다. 예상했던 대로 제인은 깜짝 놀랐다.

"너, 지금 농담하는 거지? 네가 다아시 씨와 결혼을 약속하다니! 도저히 믿을 수 없어. 장난치지 마."

"시작부터 큰일인걸! 다른 사람은 몰라도 언니는 내 말을 믿을 줄 알았는데. 난 지금 진지해! 그분은 여전히 나를 사랑하고, 우린 결혼을 약속했어."

제인은 의심스러운 눈빛으로 엘리자베스를 쳐다보았다.

"언니는 내가 다아시 씨를 지금도 싫어한다고 생각하지? 그건 다 과거 일이 되었어. 이제 난 누구보다 그분을 사랑해. 지난날 그분을 싫어했던 게 후회스럽고 부끄러울 뿐이야. 그러니 언니가 내 사랑이 크다는 걸 알아주면 좋겠어."

엘리자베스는 자신의 이야기가 사실임을 진지하게 확인시켜 주었다.

"어머나, 세상에! 정말 놀랍구나. 네가 다아시 씨를 사랑하는 줄은 까맣게 몰랐는걸. 그렇지만 너 정말 엉큼했어. 나한테도 입을 다물고 말이야. 아무튼 진심으로 축하해!"

두 사람은 그날 밤이 깊도록 많은 이야기를 나누었다. 제인은 다아시 씨에 대해 더 좋은 인상을 갖게 되었다. 또 엘리자베스의 행복을 진심으로 기뻐했다.

다음 날, 다아시 씨는 빙리 씨와 함께 롱본에 찾아왔다. 베넷 부인은 다아시 씨가 빙리 씨를 또 따라왔다고 뒤에서 흉을 보았다. 베넷 부인에게 다아시 씨는 보기 싫은 지겨운 손님이었다. 아직 아무것도 모르는 어머니를 보며 엘리자베스는 웃음이 나왔다.

빙리 씨가 제인과 함께 산책을 나간 뒤, 다아시 씨는 엘리자베스에게 눈짓을 하고는 베넷 씨가 있는 서재로 들어갔다.

잠시 후, 다아시 씨는 환하게 웃는 얼굴로 서재에서 나왔다.

그날 저녁, 손님들이 돌아간 뒤에 베넷 씨는 엘리자베스를 서재로 불러들여 심각한 얼굴로 물었다.

"엘리자베스, 다아시 씨가 너무나 정중한 태도로 너와의 결혼을 허락해 달라고 해서 도저히 거절할 수가 없더구나. 넌 며칠 전에 콜린스 씨가 보낸 편지를 읽고 나서도 아무 말 없었는데 다아시 씨와 정말로 결혼을 한다니, 도대체 어떻게 된 거냐? 넌 그 사람을 무척 싫어했잖니!"

그 말을 듣고 엘리자베스는 다시 한 번 지난날 자신의 행동을 후회했다. 그녀는 얼굴을 약간 붉히면서 솔직하게 말했다.

"미리 말씀드리지 못해서 죄송해요, 아버지. 하지만 다아시 씨가 저와 결혼해야 할 사람이라는 건 확실해요."

"너도 알다시피 그 사람은 굉장한 부자야. 그러니 결혼하게 되면 넌 제인보다 더 좋은 집에서 더 훌륭한 옷을 입고, 멋진 마차를 타고 다니면서 살겠지. 하지만 결혼은 그런 조건만으로 하는 게 아니란다. 그렇게 하는 결혼이 너를 행복하게 해 줄까?"

"아버지는 제가 그분을 좋아하지도 않으면서 결혼하겠다고 했을까 봐 걱정하시는 거죠? 그런 걱정은 하실 필요가 없어요. 전 그분을 정말 좋아하니까요. 다아시 씨는 지금까지 아버지와 제가 생각했던 것처럼 오만한 사람이 아니에요. 아버지도 그분이 우리 가족을 위해서 어떤 일을 했는지 아시면 생각이 바뀌실 거예요."

엘리자베스는 진심 어린 눈빛으로 말했다. 그리고 다아시 씨가 어떤 사람이며, 리디아를 위해서 어떤 일을 했는지도 자세히 설명했다. 모든 이야기를 듣고 난 베넷 씨는 기쁨에 찬 얼굴로 외쳤다.

"그래? 다아시가 정말 그 모든 일을 했단 말이지? 네 말대로 내가 그 사람에 대해 잘못 아는 부분이 많은 것 같다. 네가 그 사람을 진심으로 좋아하고, 다아시가 네 신랑감으로 부족함이 없으니 나도 기쁜 마음으로 허락하마. 오늘 밤은 정말 기분이 좋구나. 제인과 네가 모두 존경할 만한 멋진 청년들과 결혼을 하게 되다니, 난 꿈을 꾸는 것 같다."

베넷 씨는 즐거운 기분을 마음껏 드러냈다. 이 소식을 들은 베넷 부인 역시 너무 흥분해서 한곳에 앉아 있지도 못하고 정신없이 방 안을 서성거렸다.

그녀는 기쁜 마음을 가누지 못해 내내 수선을 떨다가 마침내 탄성을 지르면서 말했다.

"엘리자베스가 다아시 씨와 결혼을 하다니! 넌 빙리 씨하고 비교도 안 될 만큼 큰 부자와 결혼을 하는 거야. 아, 엄마는 정말 기쁘다! 정말 행복하구나! 얘야, 전에 내가 다아시 씨가 오만하다고 싫어했던 건 제발 미안하다고 잘 전해 주렴."

다음 날, 다아시 씨가 찾아왔다. 베넷 씨는 사위가 될 청년과 친해지기 위해 애쓰는 모습을 보여 주었으며, 베넷 부인도 다아시 씨한테 상냥하고 조심스럽게 대했다. 베넷 부인은 장래의 사위가 무척 어렵게 느껴졌다.

베넷 씨는 다아시 씨가 돌아간 뒤에 흐뭇하게 말했다.

"다아시 씨는 볼수록 신사답고 훌륭한 청년이야. 이제 세 명의 사위를 얻게 되었는데 하나같이 다 대단하구나!"

그날 오후, 엘리자베스는 외숙모한테 편지로 모든 사실을 알렸다.

얼마 후, 제인과 엘리자베스는 차례로 결혼식을 올렸다. 베넷 부인은 자랑스럽던 두 딸을 떠나보냈지만 흐뭇하고 뿌듯하기만 했다. 딸들을 훌륭한 집안에 시집보내고 싶어 했던 그녀의 소원이 계획대로 이루어졌기 때문이다.

베넷 씨는 엘리자베스가 결혼해서 무척 허전했다. 가장 사랑하던 딸이 너무 보고 싶어서 자주 집을 떠났다. 그는 전혀 예상하지 못할 때에 펨벌리로 찾아가는 것을 즐겼다.

제인은 빙리 씨와 함께 네더필드에서 1년 정도 살다가 더비셔에서 얼마 떨어지지 않은 곳으로 이사를 했다. 제인과 엘리자베스는 서로 가까운 곳에 살게 되어 행복했다.

키티는 주로 두 언니들의 집을 오가며 지냈다. 덕분에 전에 알고 지내던 사람들보다 훨씬 나은 사람들을 만나게 되면서 좋은 영향을 받았다.

메리는 유일하게 집에 남아 있는 딸이 되었다. 베넷 부인을 따라다니면서 많은 사람들을 만나 그들과 어울렸다. 그녀는 이제 더 이상 언니들과 비교당하지 않게 되어 속을 끓일 필요가 없어졌다. 한결 편안해 보였다. 베넷 씨는 그런 메리의 변화를 흐뭇하게 지켜보았다.

위컴과 리디아는 여전했다. 위컴은 예전에 엘리자베스에게 다아시 씨에 대해 나쁘게 말한 것을 미안해하는 기색이 전혀 없었다. 위컴과 리디아는 뻔뻔스럽게도 다아시 씨가 자신들의 든든한 후원자가 되어 줄 거라고 생각했다.

엘리자베스와 다아시 씨의 결혼을 결사반대하던 캐서린 영부인과 빙리 양은 몹시 화가 났다.

다아시 씨가 편지로 결혼 소식을 알렸을 때 부인이 보낸 답장은 엘리자베스에 대한 험담으로 가득했다. 그러자 다아시 씨는 연락을 완전히 끊고 지냈다.

그러나 엘리자베스가 다아시 씨를 끈질기게 설득한 덕분에, 다아시 씨는 캐서린 영부인에게 먼저 화해를 청했다. 그러자 그녀들도 차츰 다아시 부부를 인정하고, 완고하던 마음도 누그러져 서로 오가게 되었다.

엘리자베스는 시누이인 조지애나와 사이가 좋았다. 친자매처럼 다정하게 지냈다.

리디아 부부는 돈을 펑펑 써서 늘 생활비가 부족했다. 위컴 씨는 다아시 씨에게 한밑천 얻어 내고 싶은 욕심을 버리지 못했다. 리디아가 가끔 엘리자베스를 찾아와서 엉뚱한 일을 부탁하거나 도움을 청하는 바람에 곤란할 때도 있었다.

엘리자베스는 다아시 씨가 그 일을 알게 되면 기분 나쁠까 봐 용돈을 아껴 아무도 모르게 리디아를 조금씩 도우면서 집안의 평화를 지켜나갔다.

외삼촌인 가드너 부부와도 더없이 친밀하게 잘 지냈다. 엘리자베스는 외삼촌과 외숙모가 펨벌리로 여행을 가자고 하지 않았다면 다아시 씨와 결혼하지 못했을 거라며 늘 고마워했다. 다아시 씨도 외삼촌 부부를 진심로 고마워하며 사랑했다.

세계명작시리즈와 함께 논리 · 논술 Level Up!

● 이해 능력 Level Up!

1. 『오만과 편견』에서 사람들에게 오만하다는 인상을 준 사람은 누구입니까?

   1) 위컴 씨 2) 빙리 씨 3) 베넷 씨
   4) 다아시 씨 5) 가드너 씨

2. 다음 글은 『오만과 편견』의 한 부분입니다. 이웃집에 이사 온 사람은 누구인가요?

> "여보, 네더필드 저택에 누군가 이사 온다는 소식 들었어요?"
> 어느 날, 베넷 부인이 남편에게 물었다.
> "못 들었소."
> 베넷 씨는 책에서 눈도 떼지 않은 채 대답했다.
> "조금 전에 롱 부인이 찾아와서 다 얘기해 줬거든요."
> 이 말에 대해서 베넷 씨는 아무 대답도 하지 않았다.
> "어떤 사람이 이사 왔는지 당신은 알고 싶지 않으세요?"
> 베넷 부인이 답답하다는 듯이 큰 소리로 물었다.

   1) 다아시 2) 위컴 3) 콜린스
   4) 빙리 5) 필립스

3. 다음 글은『오만과 편견』의 한 부분입니다. (　　) 안에 알맞은 답은 무엇일까요?

> 베넷 씨는 재치 있으면서도 풍자적인 기질과 신중함과 변덕이 혼합된 인물이었다. 그래서 베넷 부인은 결혼 생활을 23년이나 했으면서도 남편의 성격을 잘 몰랐다.
> 그에 비해 부인은 마음을 쉽게 드러내는 성격이었다. 그녀는 이해가 빠르지 못하고, 지식도 풍부하지 않으며 변덕이 심했다. 게다가 뭔가 마음에 들지 않는 일이 있을 때는 신경을 다치는 것이라고 혼자 생각해 버리곤 했다. 베넷 부인의 평생 사업이란 (　　　　)이며, 유일한 낙은 이웃을 방문해서 세상 돌아가는 이야기나 하는 것이었다.

1) 아주 큰 정원이 있는 집에서 사는 것.
2) 오래오래 건강하게 사는 것.
3) 딸들을 결혼시키는 것.
4) 온 세상에 널리 이름을 알리는 것.
5) 날마다 무도회를 여는 것.

4. 제인은 왜 빙리 씨의 집인 네더필드에서 한참 머물게 되었나요?
1) 빙리 씨의 무도회를 준비해 주느라고.
2) 비를 맞고 감기에 걸려 아픈 바람에.
3) 빙리 씨의 부모와 인사를 나누기 위해.
4) 엘리자베스랑 같이 놀러 가서.
5) 다아시 씨를 기다렸다가 만나기 위해.

5. 다음에 나오는 대화 글을 읽어 보세요. 대화를 나누는 두 사람은 누구인가요?

"뭘, 언니는 아무나 금방 좋아하잖아. 언니에게는 다른 사람의 결점이 보이지 않으니까. 언니 눈에는 세상 모든 사람들이 선량하고 좋아 보이지?"
"나는 단지 다른 사람의 험담을 함부로 하지 않으려는 것뿐이야. 하지만 내 의견은 확실하게 말한다고."
"바로 그게 이상하다는 거야. 언니만큼 분별력 있는 사람이 어째서 타인의 멍청한 행동이나 바보 같은 행동을 보지 못하는 걸까? 언니는 그분의 여자 형제들도 좋아하지, 그렇지? 하지만 그 사람들의 태도는 그분과 달랐어."

1) 베넷 씨와 베넷 부인.
2) 엘리자베스와 제인.
3) 키티와 리디아.
4) 엘리자베스와 다아시.
5) 빙리와 제인.

6. 다음 글은 누가 한 말인가요?

"이런 일로 세상을 속이는 것도 재미있을지 모르겠네. 하지만 여자가 자신의 애정을 세상이 알지 못하게 하는 것처럼 그 상대인 남자에게도 느끼지 못하게 한다면 상대의 마음을 자기 것으로 만들 기회를 놓치게 될지도 몰라. 처음에 상대를 조금 좋아하게 되는 것은 아주 자연스러운 일이지만, 막상 정말로 사랑하게 되었을 때 상대의 마음을 모르고도 깊이 사랑할 수 있는 사람은 아주 드물거든. 십중팔구 여자는 역시 실제 느끼는 것 이상으로 애정을 표현하는 편이 좋아. 빙리 씨는 물론 네 언니를 좋아해. 하지만 언니 쪽에서 손을 내밀지 않는다면 언제까지고 그냥 좋아하는 감정에 머물고 말 거야."

1) 샬럿　　2) 제인　　3) 엘리자베스
4) 빙리 양　　5) 리디아

7. 다음 글에 나오는 '그녀'는 누구일까요?

처음에 다아시 씨는 그녀가 아름답다고 생각하지 않았다. 그 뒤에 만났을 때도 단지 비판하기 위해서 그녀를 바라보았을 뿐이었다. 하지만 그녀의 아름다운 표정이 얼굴 전체를 상당히 총명하게 해 준다는 사실을 알게 되었다. 그는 그녀의 경쾌하고 명랑한 행동에 마음이 끌렸다.

1) 샬럿　　2) 제인　　3) 엘리자베스
4) 빙리 양　　5) 리디아

※다음 글을 읽고 답하시오.(8~9)

엘리자베스는 정말 걱정이 되어서 마차가 없더라도 찾아가기로 결심했다. 그녀는 말을 탈 줄 모르기 때문에 걸어갈 수밖에 없었다. 엘리자베스는 혼자서 계속 걸었다. 빠른 걸음으로 들판을 가로질러, 가축의 침입을 막기 위한 울타리를 뛰어넘고, 웅덩이도 뛰어 건넜다. 마침내 집이 보이는 곳까지 왔을 때는, 복사뼈는 시큰거리고 양말은 더러워졌으며 얼굴은 열기로 빨갛게 달아올랐다.

8. 엘리자베스가 찾아간 곳은 어디일까요?
   1) 샬럿의 집.
   2) 제인이 머무는 빙리 씨의 저택.
   3) 엘리자베스의 외삼촌 부부가 사는 곳.
   4) 다아시 씨의 저택.
   5) 리디아가 도망을 간 곳.

9. 엘리자베스는 왜 급히 이곳으로 갔을까요?
   1) 샬럿이 아기를 낳게 되어서.
   2) 빙리 양이 불러서.
   3) 외삼촌 부부가 초대해서.
   4) 아픈 제인이 걱정되어서.
   5) 리디아가 집을 나가서 찾아다니느라고.

10. 베넷 씨의 재산을 상속받게 될 친척은 누구인가요?

1) 콜린스 2) 빙리 3) 가드너 부부

4) 다아시 5) 루카스

11. 엘리자베스는 처음에 위컴 씨를 어떻게 생각했나요?

1) 인격과 매력을 갖춘 훌륭한 사람.

2) 겉만 번지르르한 사기꾼.

3) 오만하고 건방진 사람.

4) 겉과 속이 다른 음흉한 사람.

5) 우울하고 외로운 사람

12. 위컴 씨가 리디아와 함께 런던으로 떠난 이유가 아닌 것은 무엇인가요?

1) 더 이상 돈을 빌릴 수 없어서.

2) 리디아가 따라가고 싶어 해서.

3) 리디아를 진심으로 사랑해서 결혼하려고.

4) 빚쟁이들을 피하기 위해.

5) 부대에 있는 사람들이 다 알게 되어서.

13. 위컴 씨의 빚을 다 갚아 주고 리디아와 결혼하도록 도운 사람은 누구인가요?

1) 다아시 2) 콜린스 3) 베넷 씨

4) 빙리 5) 가드너 씨

14. 빙리와 제인의 결혼을 결정적으로 도와준 사람은 누구인가요?

1) 가드너 씨　　2) 다아시　　3) 위컴
4) 루카스 씨　　5) 콜린스

15. 엘리자베스는 어떤 남자를 진심으로 사랑했나요?

1) 위컴　　2) 콜린스　　3) 포스트 대령
4) 빙리　　5) 다아시

● 논리 능력 Level Up!

1. 다음 글을 읽고 답을 써 보세요. 베넷 부인은 왜 큰딸인 제인이 마차를 타고 가지 못하게 했을까요?

> "어머니, 마차 좀 써도 돼요?"
> 제인이 물었다.
> "안 된다. 말을 타고 가는 편이 좋겠구나. 비가 올 것 같은데, 그럼 밤새 머물러야 될 테니까."
> "그거 참 좋은 방법이네요. 그 집에서 언니를 바래다주겠다고 말하지 않는 한."
> 엘리자베스가 말했다.
> "하긴 빙리 씨 마차는 빙리 씨와 신사들이 타고 메리턴에 갈 테고, 허스트 부부한테는 마차가 없으니까."

2. 베넷 부인은 첫 무도회에서 다아시 씨가 엘리자베스한테 관심이 없어서 오히려 잘된 일이라고 했어요. 그 까닭은 무엇입니까?

3. 빙리 씨는 왜 처음에 제인의 곁을 떠났을까요?

4. 다아시 씨는 엘리자베스에게 첫눈에 반하지는 않았어요. 그런데 점점 좋아하게 되었지요. 어떤 점에 마음이 끌렸을까요?

5. 다음 글을 읽고, (　) 안에 들어가는 알맞은 낱말을 찾고, 그 낱말의 뜻풀이를 해 보세요.

> 가족 중에서 유일하게 아름답지 못한 메리는 학문과 예술을 열심히 공부했기 때문에 틈만 나면 자기 실력을 보여 주기 위해 몸부림을 쳤다. 메리는 타고난 재능도 없었으며 취미도 없었다. 단지 (　　) 때문에 열심히 연습할 뿐이었다. 또 그 (　　) 때문에 잘난 척을 하거나 건방진 태도를 보이기도 했다.

6. 베넷 부인은 콜린스 씨와 엘리자베스를 왜 결혼시키려고 했을까요?

7. 다음 글을 읽고, 제인과 엘리자베스 중에서 누구의 생각이 더 옳은지 말해 보세요.

다음 날 아침에 엘리자베스는 위컴 씨와 다아시 씨에 관한 이야기를 제인에게 들려주었다. 제인은 깜짝 놀라는 한편 걱정스럽게 이야기를 끝까지 들었다. 하지만 그녀는 함부로 사람을 판단하지 않으려고 했다.

"우리가 모르는 속사정이 두 사람한테 있을 거야. 아마 어떤 사람들이 자기들의 이해관계 때문에 두 사람을 갈라놓았을

지도 몰라. 내가 보기에 다아시 씨는 그렇게 나쁜 사람일 리가 없어. 돌아가신 아버지가 특별히 아낀 사람을 그렇게 잔인하게 대할 것 같지는 않아."
"내 생각은 달라. 오히려 빙리 씨가 속고 있다고 믿는 게 맞을 거야. 난 위컴 씨가 들려준 이야기를 믿어. 위컴 씨처럼 진실하고 훌륭해 보이는 사람이 꾸며 낼 리가 없잖아."

8. 다음 글을 읽고, 다아시 씨가 뒷날 빙리 씨와 제인의 결혼을 말리게 된 이유를 찾아보세요.

어머니는 루카스 부인에게 제인이 곧 빙리 씨와 결혼할 것이라고 말했다. 게다가 신이 난 베넷 부인은 곁에서 엘리자베스가 안절부절못하고 있는 것도, 다아시 씨가 은근히 귀를 기울이는 것도 아랑곳하지 않았다.
"빙리 씨같이 자상하고 부자인 젊은이랑 우리 큰딸이 결혼하게 되면 얼마나 좋은 점이 많은 줄 알아요? 그 결혼으로 동생

들의 장래까지 밝아질 거예요. 제인이 그렇게 훌륭한 집안으로 시집을 가면 동생들도 다른 돈 많은 집안의 청년들을 만날 기회가 많아질 테니까요."

엘리자베스는 당황해서 어머니한테 작게 말하라고 부탁을 했다.

"엄마, 제발 소리 좀 낮춰 말씀하세요. 다아시 씨가 다 듣고 있다고요. 다아시 씨가 기분 상해서 무슨 이득이 있겠어요? 저분은 빙리 씨의 절친한 사이인데요."

"우리가 뭘 잘못했다고? 다아시 씨랑 무슨 상관이란 말이냐. 내가 그 사람의 눈치를 볼 일은 없어."

베넷 부인은 여전히 큰 소리로 떠들어 댔다. 다아시 씨는 그런 베넷 부인을 보면서 분개와 경멸에 찬 심각한 표정을 지었다.

9. 다음 글에서 (   ) 안에 알맞은 사람은 누구인가요?

(   )은 하루라도 빨리 결혼해서 안정을 찾는 것이 가장 큰 목표였다. 특별히 물려받은 재산도 없고, 교육을 많이 받지도 못한 데다 그다지 아름답지도 않은 자신의 상황을 정확히 인식했다. (   )에게는 콜린스 씨 정도면 더없이 만족스러운 상대였다.

10. 제인과 엘리자베스의 아버지는 다음과 같은 말을 했어요. 이 말은 나중에 이루어졌나요?

"아버지 생각은 말이다. 때로는 실연을 당하는 것도 괜찮다고 본다. 시간이 지나면 그것도 좋은 추억이 될 거야. 곧 더 큰 행운이 찾아올 테니 희망을 갖도록 하렴."

● **논술 능력 Level Up!**

1. 같은 자매인 제인과 엘리자베스의 성격은 어떻게 다른지 서로 비교해 보세요.

2. 다음 글을 읽고 빙리 씨와 다아시 씨의 우정에 대해 어떻게 생각하는지 의견을 적어 보세요.

빙리 씨와 다아시 씨의 성격은 그야말로 정반대였지만 둘의 우정은 아주 굳건했다. 빙리 씨는 솔직하고 털털하며 유연한 성격 때문에 다아시 씨에게 사랑받았다. 또 빙리 씨는 다아시 씨의 자신에 대한 우정을 굳게 믿었으며, 무엇보다 다아시 씨의 판단력을 높이 평가했다. 다아시 씨는 누가 뭐래도 총명하고 지적 능력이 뛰어났다.

3. 다음 글에 나타난 베넷 부인의 마음과 엘리자베스의 마음은 어떻게 다른지 비교해 보세요.

사랑하는 엘리자베스에게
오늘 아침 나는 몸이 아주 좋지 않아. 어젯밤 비에 흠뻑 젖어서 그런지도 모르겠어. 여기 계신 분들이 내 몸이 좋아질 때까지 돌아가서는 안 된다고 한단다. 존스 씨에게 진찰을 받아야 한다면서 놓아주지 않는구나.
그러니 존스 씨가 나를 진찰하러 왔다는 소식을 듣더라도 놀라지 마. 목이 아프고 두통이 있을 뿐 다른 이상은 없으니까.
그럼 이만.

엘리자베스가 큰 목소리로 편지를 다 읽자 베넷 씨가 말했다.
"이봐, 당신은 딸이 위험한 병에 걸려 죽는다고 해도 당신 명령대로 빙리 씨를 따라가다 생긴 일이라면 그걸로 만족이지?"
"흥! 그 애가 죽다니요? 사람이 감기에 좀 걸렸다고 죽겠어요? 그 댁에 있는 한 잘 간호해 줄 테니 괜찮을 거예요. 마차가 있다면 내가 한번 가 보고 싶지만."
엘리자베스는 정말 걱정이 되어서 마차가 없더라도 찾아가기로 결심했다. 그녀는 말을 탈 줄 모르기 때문에 걸어갈 수밖에 없었다.

4. 다음 글을 읽고 잘못된 편견을 가진 사람은 누구인지 적어 보세요. 그 까닭도 써 보세요.

"다아시 씨, 언젠가 이런 이야기를 하셨던 것 같아요. 용서를 잘 못하는 성격이라고. 한 번 잘못한 사람은 절대로 용서하지 않는다고요. 그렇다면 화를 낼 때는 아주 신중하게 내시는 거겠죠?"

"물론입니다."

다아시 씨는 단호하게 대답했다.

"그럼 편견에 결코 눈이 어두워지지 않도록 조심하시는 편이고요?"

엘리자베스는 위컴 씨를 떠올리면서 계속 말을 이었다.

"그러기를 바랍니다."

"자신의 의견을 절대 바꾸지 않는 사람들은 처음에 판단을 잘 해야 할 특별한 의무가 있다고 봐요."

"이런 질문을 왜 하시는지 알고 싶습니다만."

다아시 씨가 엘리자베스를 유심히 바라보며 물었다.

"그냥 다아시 씨의 성격이 궁금해서 물어본 거예요."

5. 다음 글을 읽고 다아시 씨는 빙리 씨와 제인의 결혼을 왜 반대했는지 추측해 보세요.

"그 말씀이 일리가 있네요. 최근에 다아시가 이런 이야기를 하더군요. 친한 친구가 어떤 아가씨를 좋아해서 경솔하게 결혼할 뻔했는데 자기가 막았다고 기뻐하더군요. 제 생각에는 그 친구가 빙리 씨인 것 같습니다만."
그 순간 엘리자베스는 뒤통수를 세게 얻어맞은 기분이었다.
"다아시 씨가 그 결혼을 무엇 때문에 막았다고 하던가요?"
"그 아가씨한테는 비난받을 만한 이유가 몇 가지 있다고 하더군요. 자세히는 알지 못합니다."

6. 다음은 엘리자베스가 자신의 잘못을 부끄러워하는 모습입니다. 이런 태도에 대해 어떻게 생각하는지 의견을 적어 보세요.

"내가 정말 한심했구나! 사람을 제대로 본다고 믿었는데 그건 엄청난 착각이었어. 내 마음에 드는 사람 말만 듣고, 그것 때문에 편견에 사로잡혀서 진실을 못 보았던 거야. 난 정말 어리석었어!"
엘리자베스는 부끄러워서 얼굴이 벌겋게 달아올랐다.
"언니가 빙리 씨를 사랑한다는 사실을 전혀 못 느꼈다고? 아, 언니가 사랑을 겉으로 표현하지 않는 것에 대해 샬럿이 염려했던 게 맞았구나!"

엘리자베스는 그동안 편견에 사로잡혀 잘못 알았던 사실이 무척 부끄러웠다. 생각하면 할수록 마음이 자꾸 무거워졌다.

7. 다음 글을 읽고 베넷 씨의 태도에 대해 어떻게 생각하는지 의견을 적어 보세요.

"엘리자베스, 리디아는 너나 제인과 다르단다. 많은 사람들의 관심을 받아야 직성이 풀리는 아이잖니. 만일 브라이턴에 가는 것을 허락하지 않으면 그 애는 두고두고 나를 원망할 거야. 우리 집안이 한동안 무척 시끄러워질 게다. 그러니 그냥 보내 주자꾸나. 포스터 대령은 지각 있는 분이란다. 리디아가 무슨 일을 저지르지 못하게 지켜 줄 거야. 리디아도 브라이턴에 가서 많은 사람들을 만나다 보면 더 철이 들지 않겠니?"
베넷 씨의 대답에 엘리자베스는 실망했지만 더 이상 어쩔 수 없었다.

8. 베넷 부인은 리디아가 좋지 않은 행동을 했더라도 결국 결혼에 성공했다며 무척 기뻐합니다. 여러분은 어떻게 생각하나요?

9. 엘리자베스는 리디아와 사람들에게 위컴 씨에 대한 경고를 미리 하지 않은 것을 후회합니다. 여러분이 엘리자베스라면 어떻게 했을지 의견을 적어 보세요.

10. 엘리자베스는 다아시에 대한 편견을 깨뜨렸고, 또 다아시는 엘리자베스를 위해 오만한 성격을 바꾸었습니다. 이것을 통해 '진정한 사랑'은 어떤 것이라고 느끼게 되었나요?

이해 능력 Level Up!

1. 4)	2. 4)	3. 3)	4. 2)	5. 2)	6. 1)
7. 3)	8. 2)	9. 4)	10. 1)	11. 1)	12. 3)
13. 1)	14. 2)	15. 5)			

논리 능력 Level Up!

1. 마차가 아닌 말을 타고 갔다가 비가 내리면 제인은 밤새 빙리 씨의 집에 머물게 될 거라고 생각했기 때문이다.

2. 베넷 부인이 보기에는 다아시 씨가 거만하고 무례한 사람이었기 때문이다.

3. 제인이 빙리 씨를 사랑한다고 여기지 않았고, 다아시 씨가 여러 가지 충고로 설득을 하는 바람에 런던으로 떠나게 되었다

4. 엘리자베스의 경쾌하고 명랑한 행동과 총명해 보이는 아름다운 표정에 반하게 되었다.

5. 허영심. 자기의 경제적 능력, 지식, 자질에 어울리지 않을 만큼 겉모양만 화려하게 꾸미는 짓이다.

6. 콜린스 씨가 엘리자베스와 결혼하면 베넷 씨의 영지를 상속받아도 큰 문제가 없기 때문이다.

7. 엘리자베스는 다아시 씨에 대한 첫인상과 위컴 씨의 겉모습에 속아서 편견을 가지고 있다. 제인의 생각이 더 옳다.

8. 다아시 씨는 베넷 부인이 제인과 빙리 씨가 결혼을 하게 될 거라고 자랑하면서 결혼을 계산적으로 이야기하는 모습에 질렸기 때문이다.

9. 샬럿.

10. 제인은 나중에 빙리 씨와 다시 만나 사랑을 이루었으므로 더 큰 행운이 온 것이 맞다.

논술 능력 Level Up!

1. 예시 : 제인은 매사에 긍정적이고 속마음을 잘 드러내지 않는다. 또 남을 함부로 판단하지 않는다. 하지만 엘리자베스는 용기 있고 지혜로우며 솔직하다. 성격이 급해서 남을 쉽게 판단할 때가 있다. 자존감이 높아서 신분이 높거나 부자인 사람 앞에서도 기죽지 않고 당당하다. 불의에 타협하지 않는다. 제인의 약점이 엘리자베스에겐 강점이 되고, 엘리자베스의 약점이 제인에겐 강점이 된다. 서로 부족한 면을 도우면서 살면 좋을 것 같다.

2. 예시 : 빙리와 다아시는 서로 부족한 점을 채워 주는 관계이다. 서로 힘을 더하고 생각을 보태는 바람직한 우정이라고 생각한다. 빙리는 우유부단한 면이 있지만 자신보다 현명하고 냉철한 다아시의 판단을 전적으로 신뢰한다. 또 다아시는 빙리의 행복을 간절히 바라기 때문에 듣기 거북한 충고도 할 만큼 진실한 우정을 갖고 있다.

3. 예시 : 베넷 부인은 제인이 빙리 씨와 더 정이 들어 결혼하기를 바라기 때문에 빙리 씨 집에 오래 머물 수만 있다면 제인이 아픈 것은 그다지 걱정이 되지 않는다. 하지만 엘리자베스는 언니가 남의 집에서 혼자 아프면서 겪어야 할 불편한 상황이 너무 걱정되어서 직접 찾아 나섰던 것이다.

4. 예시 : 엘리자베스이다. 엘리자베스는 다아시 씨의 첫인상이 나빴기 때문에 그를 오만하다고 생각했다. 게다가 겉모습만 번지르르한 위컴 씨가 다아시 씨에 대해서 한 거짓말을 그대로 믿어서 다아시 씨와 위컴 씨의 참모습을 제대로 알지 못했다.

5. 예시 : 다아시 씨는 제인이 빙리 씨에게 분명한 애정 표현을 하지 않았기 때문에 제인의 마음이 그다지 진지하지 않다고 생각했을 것이다. 또 빙리 씨의 제인에 대한 감정이 일시적인지, 진실하고 깊은 것인지 알 만한 시간이 필요하다고 생각했고, 제인의 집안 식구들이 가진 속물근성과 교양이 부족한 면도 거슬렸을 것이다.

6. 예시 : 자신의 잘못을 진지하게 반성하는 모습이 정직하다. 자신의 편견을 깨닫고 받아들이는 태도도 겸손하다. 또 지난날 샬럿이 염려했던 것도 떠올리면서 과거와 현재를 되돌아보고 자신의 잘못을 인정하는 모습이 좋다.

7. 예시 : 베넷 씨는 아버지로서 무책임했다. 리디아는 막내딸이고 철부지이다. 오냐오냐 해 주는 엄마의 영향으로 잘못된 고집이 세다.

그러니 엘리자베스의 말을 들었어야 했다. 당장 아버지인 자신이 편안하고 집안이 조용한 것을 원해서 딸을 방치한 것은 이기적인 사랑이다.

8. 예시 : 결혼은 지금 당장의 행복이 아니라 미래의 행복도 깊이 생각해 보고 결정해야 한다. 위컴 씨 같은 사기꾼과 낭비가 심한 사람은 좋은 남편감이 아니다. 또 철부지인 리디아도 옳지 못한 것은 옳지 않다고 제대로 배워야 결혼 생활을 바람직하게 할 수 있다.

9. 1) 예시 : 경고를 하는 게 옳다. 위컴에 대한 진실을 가족들에게 미리 알려야 했다고 생각한다. 그랬다면 리디아가 더 조심했을지도 모른다. 또 베넷 씨 부부도 리디아에게 더 주의를 주었을 것이다.

2) 예시 : 경고를 하지 않은 것이 옳다. 엘리자베스와 제인이 위컴이 사회적으로 매장당하는 것을 막기 위해 침묵을 지킨 것은 옳았다고 생각한다. 나중에 피해가 돌아올 줄은 몰랐을 것이다. 인간에 대한 예의를 지킨 것이라고 본다.

10. 예시 : 진정한 사랑은 서로를 위해 희생하고 자신의 단점을 고치는 것이다. 엘리자베스와 다아시처럼 자신의 편견과 오만을 버리고 상대방의 참모습을 볼 줄 알아야 진정한 사랑을 이룰 수 있다. 또 상대방이 가장 힘들고 어려울 때 외면하지 않고 뒤에서 자신의 모든 것을 바칠 수 있는 것이 진정한 사랑이라는 것도 깨달았다.

초등권장 도서 세계 명작 시리즈

01 어린 왕자 …… 생텍쥐페리 글 · 그림
02 키다리 아저씨 …… 진 웹스터 지음
03 문제아에서 천재가 된 딥스 …… 액슬린 지음
04 그리스 로마 신화 …… 토머스 불핀치 지음
05 셰익스피어 4대 비극 …… 셰익스피어 지음
06 셰익스피어 5대 희극 …… 셰익스피어 지음
07 탈무드 …… 송년식 엮음
08 노인과 바다 …… 헤밍웨이 지음
09 서머힐 …… A. S. 니일 지음
10 이상한 나라의 앨리스 …… 루이스 캐럴 지음
11 데미안 …… 헤르만 헤세 지음
12 파브르 곤충기 …… 파브르 지음
13 돈 키호테 …… 세르반테스 지음
14 엄마 찾아 삼만 리 …… 아미치스 지음
15 80일간의 세계 일주 …… 쥘 베른 지음
16 수레바퀴 아래서 …… 헤르만 헤세 지음
17 소공녀 …… 프랜시스 호즈슨 버넷 지음
18 빨간 머리 앤 …… 루시 모드 몽고메리 지음
19 톰 아저씨의 오두막집 …… 해리엇 비처 스토 지음
20 백경 …… 허먼 멜빌 지음
21 부활 …… 톨스토이 지음
22 카라마조프 가의 형제들 …… 도스토옙스키 지음
23 마지막 잎새 …… 오 헨리 지음
24 보물섬 …… 로버트 스티븐슨 지음
25 정글북 …… 루디야드 키플링 지음
26 제인 에어 …… 샬럿 브론테 지음
27 장발장 …… 빅토르 위고 지음
28 비밀의 화원 …… 프랜시스 호즈슨 버넷 지음
29 15소년 표류기 …… 쥘 베른 지음
30 안네의 일기 …… 안네 프랑크 지음
31 마지막 수업 …… 알퐁스 도데 지음
32 노트르담의 꼽추 …… 빅토르 위고 지음
33 홍당무 …… 쥘 르나르 지음
34 죄와 벌 …… 도스토옙스키 지음
35 사랑의 학교 …… E. 데 아미치스 지음
36 주홍 글씨 …… 너대니얼 호손 지음
37 동물 농장 …… 조지 오웰 지음
38 여자의 일생 …… 모파상 지음
39 시턴 동물기 …… 어니스트 시턴 지음
40 폭풍의 언덕 …… 에밀리 브론테 지음
41 걸리버 여행기 …… 조너선 스위프트 지음
42 젊은 베르테르의 슬픔 …… 괴테 지음
43 몽테크리스토 백작 …… 알렉상드르 뒤마 지음
44 좁은 문 …… 앙드레 지드 지음
45 전쟁과 평화 …… 톨스토이 지음
46 사람은 무엇으로 사는가 …… 톨스토이 지음
47 해저 2만 리 …… 쥘 베른 지음
48 로빈슨 크루소 …… 대니얼 디포 지음
49 올리버 트위스트 …… 찰스 디킨스 지음
50 허클베리 핀의 모험 …… 마크 트웨인 지음
51 플루타르크 영웅전 …… 플루타르크 지음
52 베니스의 상인 …… 셰익스피어 지음
53 작은 아씨들 …… 루이자 메이 올컷 지음
54 삼총사 …… 알렉상드르 뒤마 지음
55 소공자 …… 프랜시스 호즈슨 버넷 지음
56 집 없는 아이 …… 엑토르 말로 지음
57 지킬 박사와 하이드 씨 …… 로버트 루이스 스티븐슨 지음
58 오페라의 유령 …… 가스통 르루 지음
59 천로역정 …… 존 버니언 지음
60 폼페이 최후의 날 …… 에드워드 조지 불워 리턴 지음
61 피노키오 …… 카를로 콜로디 지음
62 플랜더스의 개 …… 위다 지음
63 로빈 후드의 모험 …… 하워드 파일 지음
64 안데르센 동화 …… 안데르센 지음
65 서유기 …… 오승은 지음
66 바보 이반 …… 톨스토이 지음
67 행복한 왕자 …… 오스카 와일드 지음
68 하이디 …… 요한나 슈피리 지음
69 호두까기 인형 …… E. T. A. 호프만 지음
70 크리스마스 캐럴 …… 찰스 디킨스 지음
71 왕자와 거지 …… 마크 트웨인 지음
72 오이디푸스왕 …… 소포클레스 지음
73 안나 카레니나 …… 톨스토이 지음
74 오만과 편견 …… 제인 오스틴 지음
75 체호프 단편선 …… 체호프 지음
76 피터 팬 …… 제임스 매튜 배리 지음